KB044665

10
허밍버드
클래식

페로 동화집

허밍버드 클래식 10

페로 동화집
The Fairy Tales Of Charles Perrault

2017년 12월 11일 초판 01쇄 발행
2020년 10월 10일 초판 02쇄 발행

—

지은이 샤를 페로   옮긴이 함정임

발행인 이규상   편집인 임현숙

펴낸곳 ㈜백도씨
출판등록 제2012-000170호(2007년 6월 22일)
주소 03044 서울시 종로구 효자로7길 23, 3층(통의동 7-33)
전화 02 3443 0311(편집) 02 3012 0117(마케팅)   팩스 02 3012 3010
이메일 book@100doci.com(편집·원고 투고)   valva@100doci.com(유통·사업 제휴)
블로그 blog.naver.com/h_bird
인스타그램 @100doci

—

ISBN   978-89-6833-160-2   04860
          978-89-94030-97-5   (세트)

이 도서의 국립중앙도서관 출판시도서목록(CIP)은 서지정보유통지원시스템 홈페이지(http://seoji.nl.go.kr)와
국가자료공동목록시스템(http://www.nl.go.kr/kolisnet)에서 이용하실 수 있습니다.
(CIP제어번호: CIP2017031404)

THE FAIRY TALES OF
CHARLES PERRAULT

BY CHARLES PERRAULT

페로 동화집

함정임 옮김

허밍버드
Humningbird

Histoires
ou contes du temps passé

지은이 샤를 페로 *Charles Perrault*

1628년 프랑스 파리에서 태어났다. 대학에서 법학을 전공하고 변호사의 길을 걸었으나, 이후 문인으로서의 삶을 살며 여러 분야와 관련된 글을 발표하고 베르사유 궁전의 설계에도 참여하는 등 다양한 공직을 두루 거쳤다. 은퇴 후에는 자녀들의 교육을 직접 챙기기 위해 동화를 집필했는데, 민간에서 구전되어 오던 이야기들을 바탕으로 1697년 단편 모음집 《옛이야기(Histoires ou Contes du Temps Passé)》를 출간했다. 흔히 《어미 거위 이야기》라고도 알려져 있는 이 책을 통해 비로소 동화라는 장르가 탄생했다. 오늘날 '프랑스 아동 문학의 아버지'로 불리는 페로의 작품들은 400여 년이 흐른 지금도 오페라와 발레, 뮤지컬, 영화 등 다양한 분야에서 끊임없이 각색되고 있다.

옮긴이 함정임

소설가. 대학에서 프랑스문학을, 대학원에서 문예창작학을 전공했다. 《만약 눈이 빨간색이라면》, 《마음을 움직이는 모래》, 《실베스트르》 등 아름다운 일러스트의 프랑스 현대 동화들과 《불멸의 화가 아르테미시아》, 《행복을 주는 그림》 등 예술서들을 우리말로 옮겼다. 소설집과 장편 소설 10여 권, 그리고 세계 문학예술 기행서 10여 권을 출간했다.
매년 샤를 페로의 고향인 투르 지방과 활동지인 파리와 같은 작가와 작품의 현장들을 답사하고, 한국에 소개하는 일을 오랫동안 해 오고 있다. 현재 동아대학교 한국어문학과에 교수로 재직 중이며, 소설 창작과 서사 연구를 계속하고 있다.

삽화 **귀스타브 도레** *Gustave Doré*

명실공히 19세기 중반 프랑스에서 가장 저명한 삽화가였다. 1832년 파리에서 태어나 51세로 생을 마감할 때까지 1만 점 이상의 판화를 제작하고 200권 이상의 책에 삽화를 그렸다. 그의 그림은 삽화를 넘어 작품 자체로서도 충분한 깊이와 울림이 있으며, 고전이 지닌 상상력의 지평을 새롭게 열었다는 평을 받고 있다. 주요 작품으로 오노레 드 발자크의 《기이한 이야기들》(1855), 미겔 데 세르반테스 세르반테스의 《돈키호테》(1863), 존 밀턴의 《실낙원》(1866) 등이 있다.

삽화 **해리 클라크** *Harry Clarke*

아일랜드의 삽화가이자 스테인드글라스 아티스트로, 1889년 더블린에서 태어났다. 고도로 정교해 날카로움이 느껴지는 동시에 몽환적 아름다움을 풍기는 삽화로 많은 사람들에게 깊은 인상을 남겼다. 한스 크리스티안 안데르센의 《안데르센 동화집》, 에드거 앨런 포의 소설 등에 삽화를 그렸고, 이는 지금까지도 독보적인 매력을 지닌 작품으로 일컬어진다. 1931년 스위스 쿠어에서 세상을 떠났다.

어릴 적 그 많던 동화는 모두 어디로 사라졌을까? 누구에게나 유년이라는 낙원, 동화의 유토피아가 있다. 나는 어른이 되고 나서야 내 유년에도 동화라는 황홀경이 있었다는 것을 깨달았다. 그때 나에게는 높이 오르고 싶었던 신비로운 다락방이 있었고, 자꾸 들여다보고 싶었던 깊은 우물이 있었다. 그리고 거기에는 마치 피를 나눈 형제자매처럼 친숙한 그녀, 그녀들, 그와 그들의 이야기가 끝없이 이어지고 있었다. 푸른 수염 남자, 잠자는 숲 속의 미녀, 당나귀 가죽, 상드리용 또는 작은 유리 구두…….

뒤늦은 고백이건대, 나는 이야기 없이는 단 하루도 살 수 없는 사람이다. 언제부터인지, 그렇게 되고 말았다. 아마 소설가가 되고 나서부터, 이야기에 귀를 기울이기 시작했고, 지금은 단 하루도 이야기 없이는 살 수가 없게 된 것이다. 마치 이야기를 먹고 사는 괴인처럼, 눈만 뜨면, 이야기를 찾고, 이야기를 듣고, 이야기를 짓고, 낳는다.

그런데, 신기하게도, 이야기와 함께 살면 살수록, 손아귀에 쥐고 있는 조약돌처럼, 뚜렷하게 잡히는, 어떤 진실 같은 것이 있다. 바로 이야기 속에, 뼈처럼 박혀 있는, 동화의 존재감이다.

소설과 동화는 '이야기(story)'를 근간(board)으로 한다는 점에서 동일한 세계이다. 어떤 소설들은 이야기-틀(story-board)로 동화를 품고 있음을 당당히 가리킨다. 또 어떤 소설들은 동화로부터 출발하여 연금술 부리듯 전혀 다른 형상으로 은밀히 녹여 낸다. 조이스 캐롤 오츠의 〈푸른 수염 연인〉*과 존 업 다이크의 〈아일랜드의 푸른 수염〉**, 하성란의 〈푸른 수염의 첫 번째 남자〉 등은 제목에서부터 샤를 페로의 〈푸른 수염 남자〉를 드러낸다.

그런데 이들 소설과 동화를 들여다보면, 페로의 동화가 쓰인 17세기 프랑

---

* 〈Blue-Bearded Lover〉
** 〈Bluebeard in Ireland〉

스와 페로의 동화를 바탕으로 소설이 창작된 20세기, 21세기 세상이 상상할 수 없을 정도로 변화한 만큼, 이야기의 양상도 다르게 그려진다.

뿐인가. 동화는 민들레 홀씨처럼 지구를 돌며 어딘가에 떨어지는데, 그곳에 사는 사람들의 기질과 습관, 그들이 사용하는 언어와 문화에 따라 다르게 내려앉는다. 이러한 동화들 또한 원작과 함께 읽을 때 재미와 의미가 배가 되는데, 바로, 에미 벤더의 〈색의 대가〉***와 페로의 〈당나귀 가죽〉, 래비 알라메딘의 〈잠자는 공주를 깨우는 키스〉****와 페로의 〈잠자는 숲 속의 미녀〉, 스테이시 릭터의 〈도심 병원 의료진의 응급실 업무 및 위험 관리에 관한 사례 연구〉*****와 페로의 〈상드리용(또는 작은 유리 구두)〉 등이 그것이다.

*** 〈The Color Master〉
**** 〈A Kiss to Wake the Sleeper〉
***** 〈A Case Study of Emergency Room Procedure and Risk Data Management by Hospital Staff Members in the Urban Facility〉

어린 시절 우리를 사로잡은 이야기, 듣고 또 듣고 싶은 이야기가 동화이다. 동화는 어린 독자들만을 대상으로 하지 않고, 인생의 여러 시기, 다정한 친구로 동행한다. 동화는 성장해서 소설을 낳고, 소설은 동화를 원형 삼아 미래의 독자들에게 새로운 모습으로 동화를 초대한다. 이처럼 동화는 다양한 형상으로 여기에서 저기, 저 시대에서 이 시대로 돌고 돈다. 인류가 계속되는 한 동화는 영원히 우리와 함께할 것이다.

500여 년 전 프랑스에 살았던 작가 샤를 페로가 그곳에 사는 사람들을 생각하며 지어낸 옛이야기를 21세기, 전혀 다른 언어와 문화를 가진 한국에서 만나는 일은 가장 원초적이면서도 독보적이고, 가장 아날로그적이면서도 다채로운, 가상의 시간 여행, 환상의 세계 여행을 떠나는 것을 의미한다. 샤를 페로의 동화를 읽는 21세기 독자들에게 매혹적이고 무한한 창작의 동력이 펼쳐지기를.

함정임

CONTENTS

옮긴이의 말 ·· **012**

1. 푸른 수염 남자 ······································· **019**

2. 잠자는 숲 속의 미녀 ···························· **035**

3. 고수머리 리케 ··································· **059**

4. 당나귀 가죽 ····································· **077**

5. 빨간 모자 ··· **097**

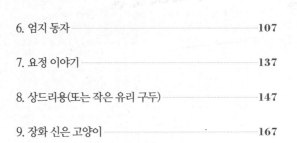

6. 엄지 동자 107

7. 요정 이야기 137

8. 상드리용(또는 작은 유리 구두) 147

9. 장화 신은 고양이 167

Dieu dit à sa femme qu'...
...ce, de six semaines au...
qu'il la priait de se bien ...
venir ses bonnes amies ...
...oulait : que partout elle f...

1

푸른 수염 남자

La Barbe-Bleue

　먼 옛날, 도시와 시골에 아름다운 저택들을 가진 한 남자가 살았다. 그는 금과 은으로 만든 그릇들과 자수로 장식한 가구들, 금을 두른 화려한 마차를 가지고 있었다. 그런데 불행하게도 이 남자는 얼굴에 푸른 수염이 나 있었다. 수염이 어찌나 추하고 볼썽사납던지 소녀든 여자든 그 앞에서는 도망가 버렸다.

　이 푸른 수염 남자의 이웃에는 귀부인이 살았다. 귀부인에게는 아주 아름다운 두 딸이 있었다. 푸른 수염 남자는 두 딸 중 한 명에게 청혼을 하면서, 신붓감을 어머니인 귀부인에게 골라 달라고 맡겼다. 두 딸은 누구도 청혼을 받아들이려 하지 않았다. 푸른 수염을 가진 남자와는 절대 결혼할 수 없다는 것이었다. 두 딸은 남자의 청혼을 서로에게 떠넘겼다. 딸들이 푸른 수염 남자와의 결혼을 극구 싫어하는 이유는 또 있었다. 남자는 몇 번 결혼한 적이 있었는데, 그 아내들은 모두 어떻게 되었는지 아무도 알지 못한다는 것이었다.

　푸른 수염 남자는 이들과 가까워지기 위해, 어머니와 두 딸, 그리고 딸들의 제일 친한 친구 서너 명을 시골 저택들 중 한 곳으로 초대했다. 근처에 사는 젊은 청년 몇 명도 초대해 8일간 함께 지냈다. 매일 파티가 열렸고, 사냥과 낚시, 춤과 만찬이 이어졌다. 모두들 밤새 술을 마셔 대며 잠잘 새 없이 장난치며 놀았다. 모든 것이 순조롭게 잘 진행되자 두 자매 가운데 동생은 저택 주인의 수염이 그다지 푸르게 보이지 않았고, 아주 예의 바른 남자라고 생각하기에 이르렀다. 도시로 돌아오자 두 사람의 결혼식이 치러졌다.

　한 달이 지나자 푸른 수염 남자는 신부에게 중요한 업무를 처리하러 지방에 내려간다고 말했다. 최소한 6주 동안 떨어져 있어야 하니 그 동안 친구들을 불러 즐겁게

tous ses attraits,
des regrets;
mille exemples paraître,
exe, un plaisir bien léger;
...sse,
...ch,

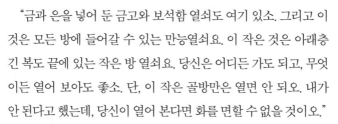

보내고, 원한다면 시골 저택에 친한 친구들을
초대해도 된다고 말했다.

"자, 가구 창고 열쇠와 자주 쓰지 않는 금은
식기를 보관해 둔 창고 열쇠를 받아요."

푸른 수염 남자가 신부에게 말했다.

"금과 은을 넣어 둔 금고와 보석함 열쇠도 여기 있소. 그리고 이
것은 모든 방에 들어갈 수 있는 만능열쇠요. 이 작은 것은 아래층
긴 복도 끝에 있는 작은 방 열쇠요. 당신은 어디든 가도 되고, 무엇
이든 열어 보아도 좋소. 단, 이 작은 골방만은 열면 안 되오. 내가
안 된다고 했는데, 당신이 열어 본다면 화를 면할 수 없을 것이오."

신부는 푸른 수염 남자가 당부한 것을 잘 지키겠다고 약속했다.
남자는 신부와 포옹하며 작별 인사를 한 뒤, 출장을 떠났다.

저택이 궁금해 미칠 지경이었던 신부의 친구들과 이웃들은 초
대장이 오기도 전에 찾아왔다. 푸른 수염 남자가 있을 때에는 두려
워서 감히 방문할 엄두도 내지 못했던 그들은 그가 얼마나 부자인
지 확인해 보고 싶었던 것이다. 그들은 저택에 있는 방들을 일일이
살펴보았다. 작은 방이며 옷장이며, 방이란 방들은 아름답고 호화
롭기 그지없었다. 모두들 창고로 올라갔다. 화려한 태피스트리와
침대, 소파, 장식장, 작은 원탁, 식탁, 전신 거울 등, 눈에 보이는 모
든 것이 이루 말할 수 없이 아름다웠다. 전신을 비추는 이 거울들

로 말할 것 같으면, 어떤 것은 한쪽 테두리가 유리로 되어 있고, 어떤 것은 은으로, 또 다른 것은 금으로 장식되어 있었다. 거기 모인 누구도 그토록 섬세하고 화려한 거울들을 본 적이 없었다. 푸른 수염 남자의 저택을 방문한 여자들은 모두 신부의 행운을 호들갑스럽게 떠벌리며 부러워했다. 그러나 정작 당사자인 신부는 아랫방을 보러 가고 싶어 안달하느라 친구들이 부러워하는 자신의 부유함을 즐기지 못했다. 신부는 호기심을 이기지 못하고, 손님들을 두고 자리를 비우는 것이 얼마나 예의에 어긋나는 일인지 생각할 틈도 없이 비밀 계단을 통해 서둘러 아래층으로 내려갔다.

어찌나 급하게 뛰어 내려갔던지 하마터면 두세 번 굴러떨어질 뻔했다. 드디어 골방 문 앞에 도착했고, 남편이 그 방으로 들어가지 말라고 금지한 것이 떠올라, 잠깐 멈칫했다. 그리고 남편의 말을 거역하면 과연 어떤 불행이 자기에게 닥칠지 생각해 보았다. 그러나 열어 보고 싶은 충동이 너무 강해서 도저히 견딜 수 없었다. 신부는 작은 열쇠를 쥐고 떨면서 문을 열었다. 처음에는 창문이 닫혀 있어서 아무것도 보이지 않았다. 그러나 곧 바닥이 굳은 피로 뒤덮여 있는 것이 보이기 시작했다. 피범벅이 된 여자들의 시신이 쓰러져 누워 있었고, 몇몇 시신은 벽에 길게 매달려 있었다(이들은 모두 푸른 수염 남자와 결혼했다가 차례로 참수된 여자들이었다). 신부는 무서워서 죽을 것만 같았다. 자물쇠에 꽂았던 열쇠를 다시 잡아

빼내려고 하다가 손에서 떨어트리고 말았다.

정신을 조금 가다듬고, 열쇠를 챙기고, 문을 잠근 뒤, 진정하려고 애쓰면서 침실로 올라갔다. 그러나 너무 충격을 받아 날카로워진 신경을 안정시킬 수 없었다. 열쇠에 피가 묻은 것을 깨닫고, 두 번 세 번 닦았지만, 핏자국은 조금도 지워지지 않았다. 물로 씻어보고, 모래 가루와 찰흙으로 문질러 보았지만 소용이 없었다. 열쇠에 마법이 걸려 있어서 핏자국을 닦아 낼 도리가 없었다. 한쪽에 묻은 피를 닦아 내면, 다른 쪽에 다시 생겨나는 것이었다.

바로 그날 밤 푸른 수염 남자가 돌연 집으로 돌아왔다. 출장 가는 도중에 용무가 유리하게 잘 해결되었다는 전갈을 받았다고 했다. 신부는 갑작스럽게 돌아온 남편을 아주 기쁜 척 맞이했다. 다음 날 푸른 수염 남자가 열쇠를 달라고 했고, 그녀는 열쇠 꾸러미를 건네주었다. 신부의 손이 심하게 떨리는 것을 주목한 남편은 자기가 없는 동안 일어났을 법한 일을 금방 눈치챘다. 푸른 수염 남자가 물었다.

"왜 이 열쇠 꾸러미에 작은 방의 열쇠는 없는 것이오?"

신부가 대답했다.

"그럴 리가요. 제 탁자 위에 놓아두었나 봐요."

푸른 수염 남자가 말했다.

"어서 그 열쇠를 내게 돌려주시오."

신부는 이리저리 둘러대며 최대한 시간을 끌다가 결국 열쇠를
가져오고 말았다. 남편은 열쇠를 자세하게 살펴보더니 그녀에게
말했다.

"이 열쇠에 왜 피가 묻어 있는 것이오?"

가엾은 신부는 사색이 되어 대답했다.

"전 아무것도 몰라요."

그러자 푸른 수염 남자는 신부를 윽박질렀다.

"모른다고? 난 아주 잘 알겠는걸. 당신이 그 방에 들어가고 싶어
했다는 것을. 그렇지, 부인! 당신은 그 방에 들어가게 될 거요. 당신

이 본 그 여자들 옆에 자리를 잡게 될 거란 말이오."

신부는 울면서 남편의 발아래에 엎드려 용서를 빌었다. 남편의 말을 거역해서 뼛속 깊이 후회한다는 것을 온갖 몸짓으로 지어 보이면서. 그녀처럼 아름다운 여인이 애통해하며 눈물을 흘리면 바위도 녹아내렸을 테지만, 푸른 수염 남자의 심장은 바위보다 더 단단했다.

"부인, 당신이 죽어야겠소. 바로 지금."

푸른 수염 남자가 말했다.

"죽어야 한다면, 잠깐 신께 기도할 시간을 주세요."

신부는 눈물이 그렁그렁한 눈으로 남자를 바라보면서 대답했다.

"그럼, 15분을 주지. 그 이상은 조금도 안 되오."

푸른 수염 남자가 허락했다. 신부는 혼자 남게 되자 언니를 불러 말했다.

"안느 언니."

언니의 이름은 안느였다.

"얼른 탑 꼭대기로 올라가서 봐 줘. 오빠들이 오고 있는지. 오늘 나한테 온다고 약속했었어. 오빠들이 보이면 빨리 오도록 신호를 보내."

안느가 탑에 올라가자 가엾은 신부는 간간이 언니에게 외쳤다.

"안느 언니, 안느 언니, 뭐가 보여? 그 길에 아무도 안 오고 있어?"

그러자 안느가 대답했다.

"뿌옇게 반짝이는 햇빛과 푸른 초원밖에 안 보여."

그 사이 푸른 수염 남자가 손에 큰 칼을 들고 신부에게 고함쳤다.

"당장 내려오지 않으면, 내가 그리로 올라가겠소."

"조금만 더요, 제발."

신부가 그에게 대답하고는 아주 목소리를 낮추어 외쳤다.

"안느 언니, 안느 언니, 뭐가 보여? 그 길에 아무도 안 오고 있어?"

그러자 안느가 대답했다.

"뿌옇게 반짝이는 햇빛과 푸른 초원밖에 안 보여."

"이제 내려오시오."

푸른 수염 남자가 소리쳤다.

"안 내려오면, 내가 당장 올라가겠소."

"지금 내려갑니다."

신부는 시간을 끌면서 그에게 대답하는 한편, 언니에게 외쳤다.

"안느 언니, 안느 언니, 뭐가 보여? 그 길에 아무도 안 오고 있어?"

"보인다."

안느가 대답했다.

"엄청난 먼지를 일으키며 이쪽으로 오고 있어."

"우리 오빠들이야?

"아, 아니. 한 떼의 양들이네."

"안 내려올 거요?"

푸른 수염 남자가 소리쳤다.

"제발 잠깐만요."

신부가 대답했다. 그리고 나서 외쳤다.

"안느 언니, 안느 언니, 뭐가 보여? 그 길에 아무도 안 오고 있어?"

"보인다."

안느가 대답했다.

"이쪽으로 말 탄 사람 두 명이 오고 있어. 하지만 아직은 아주 멀리 있어. 오, 신이시여."

잠시 후 그녀가 외쳤다.

"오빠들이 틀림없어. 서두르라고 신호를 보낼게."

푸른 수염 남자는 집 전체가 울리도록 소리를 질렀다. 가엾은 신부는 머리를 산발한 채 눈물을 흘리며 탑에서 내려와 남편의 발밑에 무릎을 꿇었다.

"그래 봐야 아무 소용 없소."

푸른 수염 남자가 말했다. 그러고는 한 손으로 신부의 머리채를 움켜쥐고, 다른 한 손으로는 기병대 검을 허공으로 들어 올려 그녀의 목을 치려고 했다.

"당신은 죽어야 하오."

가엾은 신부는 남편을 향해 몸을 돌리고는 죽어 넘어가는 눈길

로 쳐다보며, 잠깐 죽음을 맞이할 준비를 할 수 있게 해 달라고 애원했다.

그가 말했다.

"안 돼. 안 되지. 신에게나 은총을 빌어 보든지."

그러고는 그가 두 팔을 들어 올리는데…….

바로 그 순간 문을 엄청나게 세게 내리치는 소리가 들렸다. 푸른 수염 남자는 갑자기 동작을 멈추었다. 문이 열렸고, 두 명의 기사가 장검을 들고 곧장 푸른 수염 남자를 향해 돌진했다. 푸른 수염

남자는 그들이 신부의 오빠들인 것을 알아차렸다. 오빠들로 말할 것 같으면, 한 사람은 용기병*이었고, 한 사람은 근위 기병이었다. 푸른 수염 남자는 그 즉시 목숨을 건지기 위해 도망쳤다. 그러나 오빠들이 바짝 뒤따라갔고, 현관 앞 계단에 이르기 전에 그를 붙잡았다. 그들은 장검으로 남자를 베었고, 그가 죽어 가는 것을 두고 보았다. 가엾은 신부는 그 남편처럼 거의 죽을 지경이었다. 일어나 오빠들과 포옹할 힘도 없었다.

푸른 수염 남자에게는 상속자가 없다는 것이 밝혀졌고, 따라서 신부가 그의 전 재산을 물려받게 되었다. 신부는 재산의 일부를 언니 안느가 오래 사귀어 온 젊은 장교와 결혼하는 데 썼다. 그리고 일부로는 오빠들에게 대장 관직을 사 주었다. 남은 재산으로 신부는 푸른 수염 남자와의 끔찍한 기억을 잊게 해 줄 아주 괜찮은 신사와 결혼했다.

---

* 16~17세기 이래로 유럽에 존재했던 기마병.

2

잠자는 숲 속의 미녀

La Belle au Bois Dormant

옛날 어느 먼 옛날, 왕과 왕비가 살고 있었다. 그런데 왕과 왕비는 아무리 애를 써도 아이가 생기지 않아 커다란 슬픔을 가슴에 안고 살았다. 왕과 왕비는 아이를 낳는 데 효과가 좋다는 온천이란 온천은 세상 어디든 찾아다녔다. 용하기로 소문난 곳을 찾아가 기도를 올리고, 성인(聖人)들을 기리는 종교적인 기도도 올리고, 지극정성을 다 바쳤으나 헛수고였다. 그런 끝에 왕비가 임신을 했고, 딸을 낳았다. 왕과 왕비는 아기의 세례식을 훌륭하게 거행했다. 왕국에 살고 있는 요정들을 모두 찾아(일곱 명이었다) 공주의 대모로 정했다. 그 시절 요정들이 하던 대로, 요정들은 자기가 가진 최고의 능력을 공주에게 하나씩 선물했다. 이런 방법으로 공주는 모든 면에서 완벽한 능력을 지니게 되었다. 세례식이 끝나자

참석자들은 모두 왕궁으로 갔다. 그곳에서는 요정들을 위한 성대한 잔치가 준비되어 있었다.

요정들이 앉는 자리마다 식기 세트가 멋지게 차려져 있었다. 거기에는 금으로 만든 상자가 있었는데, 그 안에는 순금에 다이아몬드와 루비를 장식한 포크와 나이프, 숟가락이 들어 있었다.

그런데 요정들이 정해진 자리에 앉는 동안, 초대하지 않았던 늙은 요정 한 명이 들어오는 것이었다. 사람들은 그 요정이 50년 넘게 탑 밖으로 나오지 않아서 죽었거나 마법에 걸렸다고 믿고 있었다. 왕은 늙은 요정에게도 식기 세트를 주도록 명했지만, 이미 자리에 앉은 요정들에게 베푼 것과 같은 순금으로 만든 것은 아니었다. 순금 세트는 오직 일곱 요정들을 위해 일곱 개만을 제작하도록 했기 때문이었다. 늙은 요정은 거기에 있는 사람들이 자신을 무시했다고 생각했고, 이를 갈며 험한 말을 구시렁거렸다. 늙은 요정 옆에 앉아 있던 젊은 요정은 그 말을 듣고 늙은 요정이 공주에게 해로운

것을 줄 것으로 생각하고, 벽을 장식한 태피스트리 뒤에 숨기 위해 식탁에서 일어나 나갔다. 늙은 요정이 어린 공주에게 저주를 내리면, 자신이 마지막으로 축복의 말을 해 주면서 저주를 풀어 주기 위해서였다.

그러는 사이 요정들이 공주에게 축복을 내리기 시작했다. 제일 젊은 요정은 공주에게 세상에서 제일 아름다운 사람이 되라고 축복을 내렸고, 두 번째 요정은 천사처럼 착한 정신을 가질 것을, 세 번째 요정은 하는 모든 일에 신의 은총이 깃들기를, 네 번째 요정은 빼어나게 춤출 수 있기를, 다섯 번째 요정은 종달새처럼 노래할 수 있기를, 여섯 번째 요정은 모든 악기를 연주할 수 있기를 축원했다. 그리고 마지막으로 늙은 요정의 차례가 되었다. 늙은 요정은 나이가 들면 생기는 노여움보다 훨씬 더한 원통함으로 고개를 좌우로 흔들며 공주가 뾰족한 물렛가락 끝에 손가락이 찔려 죽을 것이라고 저주를 내렸다.

늙은 요정의 끔찍한 저주에 그 자리에 모인 사람들은 모두 소스라치게 놀라 울음을 터트렸다. 바로 그 순간, 장식 융단 뒤에서 젊은 요정이 튀어나와 큰 소리로 이렇게 외쳤다.

"전하, 그리고 왕비 마마, 안심하시옵소서. 공주님은 죽지 않을 것이옵니다. 저는 늙은 요정이 내린 저주를 완전히 풀어 버릴 만큼 충분한 힘은 없습니다. 공주님께서는 물렛가락에 손가락을 찔릴 것입니다. 그러나 돌아가시지는 않을 것입니다. 대신, 깊은 잠에 빠질 것입니다. 그 잠은, 한 왕자가 깨워 줄 때까지, 100년 동안 계속될 것입니다."

왕은 늙은 요정이 예언한 저주를 피하기 위해 백성들에게 물레로 실을 잣는 일을 금지했고, 만약 집에 물레를 두면 사형에 처한다고 엄명했다.

그렇게 15년인가 16년이 흘렀다. 왕과 왕비는 왕실 별장들 중한 곳으로 갔다. 어느 날 어린 공주는 성 안에서 뛰어놀면서 이 방, 저 방 올라가다가 맨 꼭대기 큰 탑에 있는 다락방에 이르렀다. 거기에는 늙은 하녀가 혼자 물렛가락으로 실을 잣고 있었다. 물레질을 하면 안 된다는 왕명을 늙은 하녀는 전혀 듣지 못했던 것이다.

공주가 물었다.

"할머니, 지금 뭐 하시는 거예요?"

늙은 하녀는 공주를 알아보지 못하고 이렇게 대답했다.

"물레를 돌리고 있단다, 예쁜 아가야."

그러자 공주가 되물었다.

"우아, 그거 재밌겠다! 어떻게 돌리죠? 저도 그렇게 해 볼 테니알려 줘 보세요."

공주는 물레를 잡자마자, 너무 흥분해서 들뜬 탓인지, 아니면 요정들의 예언 탓인지, 물렛가락에 손가락이 찔려 기절하고 말았다.

늙은 하녀는 당황해서 도와 달라고 소리쳤다. 그 소리에 사방에서 사람들이 와서 공주의 얼굴에 물을 뿌리고, 꽉 조인 드레스 끈을 풀고, 손바닥을 때리고, 기절한 사람의 의식을 되돌린다는 헝가리 왕비의 향수를 관자놀이에 발라 보았지만, 공주는 깨어나지 않았다. 한편 소란한 소리에 탑으로 올라간 왕은 요정들의 예언을 떠올렸고, 요정들이 그렇게 된다고 했으니 피할 수 없는 일임을 깨달았다. 왕은 공주를 왕궁에서 가장 아름다운 방으로 옮겨 금과 은으로 장식된 침대에 눕혔다. 사람들은 천사 같다고들 입을 모았다. 공주는 그렇게나 아름다웠다. 단지 눈을 감고 있었을 뿐이지, 뺨은 분홍빛을 띠었고, 입술은 산호처럼 붉었으며, 숨소리가 부드럽게 들려오는 것으로 보아, 죽지 않은 것이 확실했다. 왕은 공주가 스스로 깨어날 때까지 그대로 두라고 명했다.

100년 동안 잠들도록 만들어서 공주의 목숨을 구한 적 있던 착한 요정은 공주에게 사고가 일어났을 때 수천 킬로미터 떨어진 마타캥 왕국에 있었다. 착한 요정은 70리 장화*를 신은 꼬마 난쟁이에게 즉시 사고 소식을 전해 들었다(이 장화는 한 걸음에 70리를 이동할 수 있었다). 요정은 즉시 출발했고, 용들이 끄는 불 뿜는 마차를 타고 한 시간 만에 공주에게 도착했다. 왕은 마차에서 내리는 요정

---

* seven-league boots, 이 책의 다른 작품 〈엄지 동자〉 등에도 '70리 장화'가 등장한다.

에게 손을 건네 맞이하려고 다가갔다. 앞을 내다볼 줄 아는 능력이 있는 요정은 그 사이 왕이 어떻게 일을 처리했는지 파악했고, 공주가 잠에서 깨어날 때, 오래된 성에 오직 혼자 있다는 사실을 깨달으면 너무 놀랄 것이라고 생각했다. 그래서 요정은 다음과 같이 했다. 공주의 가정교사, 시녀들, 청소부들, 귀족들, 하인들, 요리사들, 요리사 조수들, 주방 보조들, 호위병들, 문지기들, 시동들, 고용인들 등, 성에 있는 모든 사람들을(왕과 왕비는 빼고) 지팡이로 두드려 마법을 걸었다. 또한 요정은 마구간에 있던 모든 말들, 함께 있던 마부들, 가끔 사육장의 개들, 공주의 침대 옆에 엎드려 있던 공주의 귀여운 애완견 푸프에게도 마법의 지팡이를 두드렸다. 마법의 지팡이에 닿은 모든 사람과 동물은 그 즉시 모두 잠들었다. 그들은 공주와 함께 잠들었다가 공주가 깨어나면 함께 깨어나 공주가 필요로 하는 것을 바로바로 시중들게 될 것이었다. 화덕 불에 구워지던 자고새와 꿩고기 꼬치들은 물론, 그 불도 잠들었다.

요정들이 맡은 일을 처리하는 데 조금도 지체하지 않았기에 모든 것은 순식간에 이루어졌다. 이제 왕과 왕비도 깨어나지 않는 소중한 딸에게 키스를 한 뒤 성을 나왔다. 그리고 누구도 그곳에 다가가지 못하도록 금지령을 내렸다. 그러나 그럴 필요 없이, 채 15분이 지나지 않아 정원 주위에는 가시로 뒤덮인 크고 작은 나무들과 가시덤불이 얽히고설켜서 사람도 짐승도 지나갈 수 없게 되었다. 결국 성에서 제일 높은 탑만 보이게 되었고, 그것도 멀리에서 볼 때 보이는 것이었다. 백성들은 호기심으로 낯선 사람들이 잠든 공주를 찾아올 것을 염려하지 않도록 요정이 마법을 부린 것이라고 굳게 믿었다.

그렇게 100년이 흘렀다. 잠든 공주와는 다른 가문의 왕자가 성 근처로 사냥을 나왔다가 어마어마하게 무성한 숲 위에 솟은 탑을 보고 그것이 무엇인지 신하들에게 물었다. 그러자 신하들은 각자 자기가 그동안 들은 대로 왕자에게 대답했다. 누구는 유령들이 나오는 오래된 성이라고 했고, 또 누구는 그 지방 마녀들과 마법사들이 모두 모여 사바(sabbat)라는 집회를 여는 장소라고 했다. 가장 공통된 의견은 성에 어떤 괴물이 살고 있다는 것, 그리고 이 괴물은 자기만 다닐 수 있는 길을 내는 능력을 갖게 된 이래 자기가 붙잡을 수 있는 아이들을 모두 그곳으로 데려간다는 것, 그 이유는 거기에서 편안하게 아이들을 먹어 치우기 위해서라는 것이었다. 왕자가 어떤 말을 믿어야 할지 망설이고 있을 때, 한 늙은 농부가 그에게 이렇게 말했다.

"왕자님, 50년 전에 저는 아버지에게 이런 말을 들었습니다. 성안에는 세상에서 가장 아름다운 공주님이 잠들어 있다고 말입니다. 이 공주님은 100년 동안 잠들어 있다가 짝으로 점지된 왕자님에 의해 깨어나게 될 것이라고요."

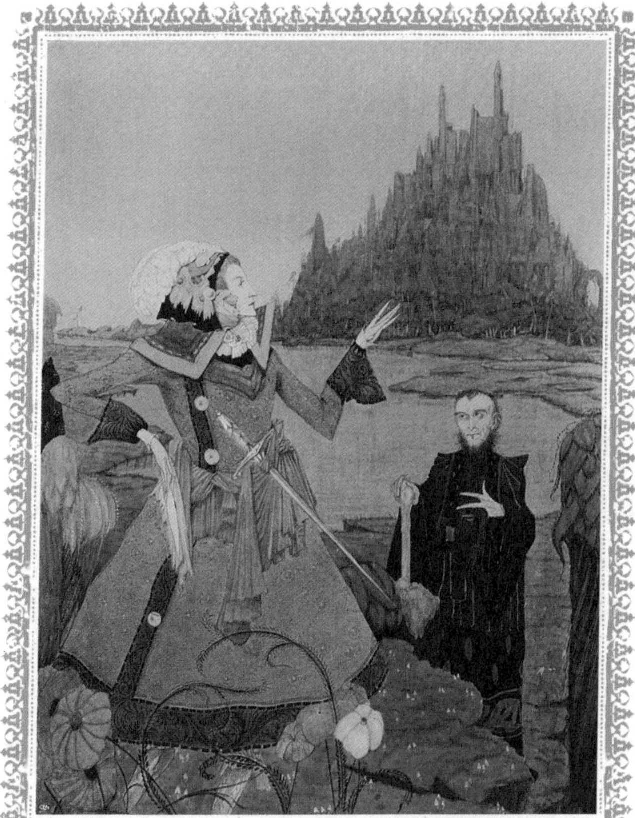

농부에게 사연을 들은 왕자는 마음에 불길이 이는 것을 느꼈다. 그는 이 흥미로운 모험을 끝낼 당사자는 바로 왕자 자신이라고 곧바로 믿었다. 사랑과 명예심에 이끌려 왕자는 당장 현장에 가 보기로 결심했다.

왕자가 숲으로 나아가자마자 온갖 종류의 거목들과 가시덤불, 가시나무들이 저절로 길을 비켜 주었다. 왕자는 대로 끝에 보이는 성을 향해 걸어가기 시작했다. 그는 그 길로 들어섰고, 지나가는 길목마다 나무들이 다시 뒤엉켜 버려 누구도 그의 뒤를 따를 수 없었다. 아무도 보이지 않자 왕자는 조금 당황했다. 그러나 왕자는 가던 길을 계속 걸어갔다. 사랑에 빠진 젊은 왕자란 용감한 법이었다. 왕자는 넓은 앞뜰로 들어갔다. 거기에서 본 모든 것은 왕자를 그 자리에 얼어붙게 만들 정도로 공포스러웠다. 소름 끼치는 고요 속에 죽음의 형상들이 사방에 어른거렸다. 죽은 것으로 보이는 사람들과 동물들이 눕혀져 있었던 것이다. 왕자는 잠든 문지기들의 코에는 부스럼이 나 있고 얼굴은 붉은 것을 보고, 그들은 죽지 않고 단지 잠들어 있다는 것을 알아차렸다. 거기에는 포도주 몇 방울이 아직도 남아 있었고, 그것은 그들이 포도주를 마시다가 그대로 잠이 든 것임을 보여 주었다.

왕자는 대리석이 깔린 넓은 뜰을 지나 계단을 밟고 올라갔다. 호위병실로 들어서자, 호위병들이 총을 어깨에 멘 채 요란한 소리로 정신없이 코를 골며 잠들어 있었다. 왕자는 귀족들과 귀부인들로 가득 찬 방들을 가로질러 갔다. 그들도 앉거나 선 채로 잠들어 있었다. 왕자는 온통 금으로 장식된 어느 방에 들어갔고, 사방으로 커튼이 젖혀져 있는 침대에서 이전에는 본 적 없는 가장 아름다운 광경을 보았다. 열대여섯 살쯤 되어 보이는 공주가 성스럽고 빛나는 자태로 광채를 뿜어내고 있었다. 왕자는 감탄하며 떨리는 발걸음으로 공주에게 다가가 무릎을 꿇었다. 바로 그때 마법이 끝나면서, 공주가 잠에서 깨어났다. 공주는 처음 만나는 사람을 바라볼 때보다 훨씬 더 사랑스러운 눈길로 왕자를 바라보았다.

공주가 말했다.

"당신이시군요, 나의 왕자님. 당신을 너무나 기다리고 있었어요."

왕자는 공주가 하는 말에, 그리고 말하는 태도에 매혹되어 자기가 느끼고 있는 기쁨과 감사를 어떻게 전해야 할지 몰랐다. 왕자는 자신보다 더 공주를 사랑할 것이라고 약속했다. 왕자의 말은 두

서가 없었지만, 그래도 두 사람은 서로가 마음에 들었다. 왕자는 말솜씨가 뛰어나지 않았지만, 사랑하는 마음은 가득했기 때문이었다. 왕자는 공주보다 더 당황했으나 놀랄 일은 아니었다. 왜냐하면 공주는 왕자를 만나면 무슨 이야기를 나눌지 생각할 시간이 있었기 때문이었다. 분명 착한 요정이 (역사에는 아무 기록이 없지만) 공주가 그토록 오래 잠들어 있는 동안 기분 좋은 꿈을 꾸도록 베풀었을 것이었다. 두 사람은 네 시간이나 이야기를 나누고도 진짜 하고 싶은 말은 아직 반도 못 했다.

그러는 동안 왕궁 전체가 공주와 함께 깨어났다. 그들은 각자 자기의 맡은 일을 했다. 그러나 모두 사랑에 빠진 것은 아니었기 때문에 배가 고파 죽을 지경이었다. 다른 사람들과 마찬가지로 바쁜 시녀는 고기가 준비되었다고 공주에게 큰 소리로 알렸다. 왕자는 공주가 일어나도록 도왔다. 공주는 으리으리하게 아주 잘 차려입고 있었다. 왕자는 공주가 자신의 할머니처럼 깃이 올라간 옷을 입고 있다고 말하지 않으려고 조심했다. 그렇다고 공주가 덜 예쁜 것은 아니었으니까. 공주와 왕자는 거울로 장식된 홀로 갔고, 거기에서 시종들의 시중을 받으며 식사를 했다. 바이올린과 오보에가 오래된 곡을 연주했다. 그 곡을 사람들이 듣지 않은 지 100년 가까이 되었지만, 아주 훌륭했다. 공주와 왕자가 식사를 마치자 궁중의 사제는 지체 없이 성의 예배당에서 두 사람을 결혼시켰고, 시녀는 침대의 커튼을 쳤다. 두 사람은 거의 잠을 자지 않았다. 공주는 그다지 잠을 잘 생각이 없었다. 왕자는 아침이 되자마자 수도로 돌아가기 위해 떠났다. 아버지가 자신을 걱정하고 있을 것이었다.

왕자는 아버지인 왕에게 사냥하다가 숲에서 길을 잃어 숯장수의 오두막집에서 묵게 되었는데, 숯장수가 그에게 흑빵과 치즈를 대접해 주었다고 말했다. 왕은 성품이 어질었고, 왕자의 말을 믿었다. 그러나 어머니는 곧이곧대로 듣지 않았다. 왕자가 거의 매일 사냥을 나가고, 2~3일 밖에서 자고 와서 둘러대는 것을 보고 분명 사랑하는 사람이 생긴 것으로 확신했다. 왕자는 그런 식으로 공주와 2년 넘게 살았기 때문에, 두 명의 아이까지 낳았다. 첫째는 '새벽'이라는 뜻의 딸 오로르였고, 둘째는 '낮'이라는 뜻의 아들 주르였다. 이렇게 이름 붙인 것은 남동생이 누나보다 훨씬 잘생겼기 때문이었다.

왕비는 아들에게 무릇 자신의 삶에 만족을 느끼고 살아야 하는데, 그렇게 살고 있는지 몇 번이나 물었다. 그러나 아들은 감히 자신의 비밀을 털어놓지 못했다. 왕자는 어머니를 사랑하면서도 두려워했다. 어머니가 식인귀였기 때문이었다. 왕도 왕비가 많은 재물을 가지지 않았다면 그녀와 결혼을 하지 않았을 것이었다. 궁중 사람들은 왕비가 아직도 식인귀 기질이 있어서 지나가는 어린아이들을 보면 달려들어 잡아먹고 싶은 것을 참느라고 아주 힘들어

한다고 수군거렸다. 그래서 왕자는 절대로 한마디도 말하고 싶지 않았던 것이다. 그러나 2년이 흘러 왕이 죽고, 군주의 자리에 오른 왕자는 공식적으로 결혼을 선언했다. 그리고 격식을 갖추어 혼례식을 치르기 위해 왕비인 자신의 아내를 데리러 성으로 갔다. 수도에서 화려한 입궁식이 거행되었고, 왕비는 두 아이를 양쪽에 데리고 입장했다.

얼마 후, 왕은 이웃 나라인 캉탈라뷔트의 황제에게 전쟁을 선포했다. 전쟁터로 떠나면서 왕은 어머니인 대비에게 자기 대신 왕국을 다스리도록 맡겼고, 그동안 아내와 두 아이도 잘 돌보아 달라고 단단히 부탁했다. 왕은 여름 내내 전장에 나가 있어야 했기 때문이었다. 대비는 아들이 떠나자마자 무시무시한 욕망을 손쉽게 채우기 위해, 며느리와 아이들을 숲 속에 있는 별장으로 보냈다. 대비는 며칠 뒤 별장으로 찾아가서는 어느 저녁 요리사에게 이렇게 말하는 것이었다.

"내일 저녁 식사로 어린 오로르를 먹고 싶구나."

이에 요리사가 말했다.

"아아, 그건, 대비마마."

그러자 (신선한 고기를 먹고 싶은 욕망으로 가득한 식인귀의 말투로) 대비가 말했다.

"난 그 애를 먹고 싶다고. 이왕이면 로베르 소스**를 발라서 말이야!"

식인귀 대비의 명령을 절대 거역할 수 없다는 것을 잘 알고 있는 가엾은 요리사는 큰 칼을 들고 어린 오로르의 방으로 올라갔다. 이제 막 네 살이 된 오로르가 요리사를 보자 웃으며 달려와 그의 목을 끌어안고 사탕을 달라고 했다. 요리사는 눈물을 터트리며 칼을 손에서 바닥으로 떨어트렸다. 주방장은 오로르 대신 가축우리에 가서 어린 양을 잡아 맛있는 소스를 얹어 대비의 저녁 식탁에 올렸다. 대비는 지금까지 먹어 본 고기 중 이렇게 맛있는 것은 처음이라고 칭찬했다. 어린 양으로 요리를 하는 동안 요리사는 어린 오로르를 가축우리 한구석에 있는 오두막으로 데려가 자기 아내에게 잘 숨기도록 일렀다. 다시 일주일이 지났다. 사나운 대비는 요리사를 불러 말했다.

"이제 저녁 식사로 어린 주르를 먹고 싶구나."

요리사는 대답을 하지 않았고, 지난번처럼 대비를 속이기로 마음먹었다. 요리사는 주르를 찾아갔다. 막 세 살이 된 주르는 작은 장난감 칼을 들고 커다란 원숭이와 칼싸움 놀이를 하고 있었다. 요리사는 주르도 아내에게 데리고 가 오로르와 함께 꼭꼭 숨겨 놓으라고 일렀다. 그리고는 주르 대신 살이 아주 연한 새끼 염소를 잡아

** Sauce Rrobert, 겨자와 양파로 만든 소스.

대비에게 바쳤다. 대비는 이번에도 아주 맛있게 먹어 치웠다.

거기까지는 아주 잘 흘러갔다. 그런데 어느 날 저녁, 못된 대비는 요리사를 불러 이렇게 말했다.

"이번에는 왕비를 잡아 아이들과 똑같은 소스를 발라 먹고 싶구나."

가엾은 요리사는 이번엔 또 어떤 방법으로 대비를 속여야 할지 절망스러웠다. 젊은 왕비는 100년 동안 잠들어 있었던 시간을 빼면, 이제 갓 스무 살이었다. 살갗이 좀 거칠었음에도 피부는 희고 아름다웠다. 가축우리에서 젊은 왕비와 똑같이 살갗이 거친 짐승을 찾을 수 있을까? 요리사는 자신의 목숨을 부지하기 위해 왕비의 목을 베기로 결심했다. 요리사는 왕비의 방으로 올라갔다. 단번에 끝내려는 생각으로 단검을 들고 젊은 왕비의 방으로 들어갔다. 그는 왕비를 당혹스럽게 하고 싶지 않았다. 왕비에 대한 존경의 마음을 담아 그는 대비의 명령이라고 말해 주었다. 젊은 왕비는 자신의 목을 내밀며 말했다.

"명령대로 하라. 명령받은 대로 실행하라. 난 내 아이들, 너무나 사랑했던 가엾은 내 아이들을 보러 갈 것이다."

젊은 왕비는 아이들이 아무 말 없이 없어져 죽은 줄로 생각했던 것이다. 가엾은 요리사는 측은한 마음이 들어 왕비에게 이렇게 말했다.

"아닙니다, 왕비님. 돌아가시면 안 됩니다. 어린 공주님과 왕자님을 다시 보실 수 있습니다. 제가 집에 숨겼습니다. 왕비님 대신 암사슴을 잡아 대비께 바치겠습니다."

요리사를 따라 그의 방으로 들어간 왕비는 아이들을 부둥켜안고 울기 시작했다. 그러는 사이 요리사가 암사슴을 잡아 저녁 식사로 바치자 대비는 왕비인 줄 알고 이번에도 맛있게 먹었다. 그렇게 잔인한 욕망이 채워지자 대비는 젊은 왕이 돌아오면 굶주린 늑대들이 왕비와 아이들을 잡아먹었다고 속일 생각이었다.

그러던 어느 저녁, 대비는 평소처럼 신선한 고기 냄새를 쫓아 왕궁의 뜰과 가금 사육장들을 걷다가 아래에 있는 어느 방에서 어린 주르가 우는 소리를 들었다. 떼를 쓰는 어린 주르를 젊은 왕비가 꾸짖고, 어린 오로르가 그런 동생을 용서해 달라고 청하는 소리가 들렸던 것이다. 왕비와 아이들의 목소리를 알아챈 대비는 속았다는 것을 깨닫고 격노했다. 다음 날 아침, 대비는 세상을 떨게 할 만큼 무서운 목소리로 마당 가운데에 큰 솥을 설치하라고 명령했다. 그리고 그 안에 두꺼비와 독사, 물뱀과 구렁이를 가득 채우도록 했다. 왕비와 아이들, 요리사 부부와 하녀가 두 손을 뒤로 묶인 채 끌려 나왔다. 집행자가 그들을 솥에 넣으려는 순간, 왕이 예정보다 일찍 궁에 복귀했다. 마차에서 깜짝 놀란 왕은 도대체 이 끔찍한 광경은 무엇이냐고 물었다. 아무도 감히 나서서 아뢰지 못했다. 눈앞에 벌어진 사태에 화가 뻗칠 대로 뻗친 식인귀 대비는 큰 솥에 머리를 디밀고는 몸을 던졌다. 안에 있던 흉측한 동물들이 즉시 대비를 잡아먹었다. 왕은 대비가 식인귀였지만 어머니이기도 했기에 슬펐다. 하지만 아름다운 아내와 아이들이 살아 있는 것을 보자 곧 다행으로 여겼다.

3

고수머리 리케

Riquet à la Houppe

어느 먼 옛날, 한 나라의 왕비가 아들을 낳았다. 그런데 이 아들은 너무 못생기고, 체구가 너무 빈약했다. 사람들 사이에서는 이 아이가 과연 제대로 성장할 수 있을지가 오랫동안 의문거리였다. 왕비가 출산할 때 지켜보았던 한 요정은 훗날 이 아이는 아주 총명해질 것이기 때문에 분명 사랑받게 될 것이라고 왕비를 안심시켰다. 그러면서 덧붙이기를, 자신이 아이에게 특별한 능력을 주었으므로 그 아이가 제일 사랑하게 되는 한 사람은 그 아이와 마찬가지로 총명해질 것이라고 말했다.

하지만 너무 보기 흉한 사내아이를 낳았다는 사실에 괴로워하던 불쌍한 왕비에게 그런 말들은 조금도 위로가 되지 않았다. 그런데 이 아이가 얼마 가지 않아 말을 하기 시작했는데, 하는 말마다 마음에 쏙 들도록 기특하고, 하는 행동마다 지혜로워서 사람들의 마음을 사로잡았다. 아, 내가 말하지 않은 것이 있는데, 이 아이는 세상 사람들 사이에 '고수머리 리케'라 불렸다. 태어날 때부터 머리카락이 촘촘하게 뭉쳐 있어서, 그리고 성(姓)이 리케여서 그렇게 불린 것이었다.

그로부터 7~8년이 흘렀다. 이웃 왕국의 왕비가 두 딸을 낳았다. 첫째 딸은 너무나 아름다웠다. 왕비는 아주 기뻤다. 그러나 사람들은 그 기쁨이 혹시 뒤에 나쁘게 되어 돌아오지나 않을까 두려워했다. 고수머리 리케가 태어나는 것을 지켜보았던 요정은 이번에는 너무 기뻐하는 왕비의 기분을 가라앉혀 주려는 생각으로 이 어린 공주는 예쁜 만큼 멍청하고, 지혜롭지 않을 것이라고 말했다. 그 말이 왕비의 자존심을 크게 상하게 했다. 얼마 뒤, 왕비는 끔찍하게 못생긴 둘째 딸을 낳았다. 그래서 더욱 큰 슬픔에 잠겼다. 이에 요정이 말했다.

"왕비님, 조금도 걱정하지 마세요. 둘째 공주님은 다른 것으로 보상받을 것입니다. 너무나 총명해서, 얼굴이 아름답지 않은 것을 가려 줄 테니까요."

그러자 왕비가 대답했다.

"부디 그렇게 되기를 빌어요. 하지만 저토록 예쁜 큰애가 지혜로워지게 할 수는 없을까요?"

이에 요정이 말했다.

"왕비님, 저는 지혜로움에 관해서라면 아무것도 할 수 없습니다. 그러나 아름다움에 관해서라면 모든 것을 할 수 있지요. 저는 왕비님을 위해서라면 무엇이든지 하고 싶습니다. 마음에 드는 사람을 아름답게 만들 수 있는 능력을 첫째 공주님에게 드리겠습니다."

두 공주는 성장해 갔고, 그에 따라 그들의 장점도 커 갔다. 사람들은 곳곳에서 첫째 공주의 아름다움에 대해 말했고, 둘째 공주의 지혜로움에 대해 말했다. 두 공주는 나이를 먹어 갔고, 그에 따라 그들의 단점도 강해졌다. 둘째 공주는 한눈에 봐도 못생긴 외모가 드러났고, 첫째 공주는 날이 갈수록 멍청해졌다. 첫째는 질문을 받으면 아무 말도 못 하거나 바보 같은 대답을 했다. 그녀는 매사에 어찌나 서투른지 벽난로 위에 도자기 접시 네 개를 올려놓을 때면 꼭 한 개는 깨트리고야 말았고, 물을 마실 때에도 꼭 옷에 절반을 흘리는 것이었다.

젊은 여성에게 아름다움은 큰 장점임에도 둘째 공주는 모든 저녁 모임에서 거의 언제나 언니보다 우세했다. 처음 두 공주를 본 사람들은 첫째 공주를 보고 찬탄하기 위해 다가가지만, 곧바로 재치가 넘치는 둘째 공주에게 돌아서서 그녀가 들려주는 수천 가지 재미있는 이야기에 귀를 기울이는 것이었다. 채 15분도 되지 않아 첫째 공주 옆에는 아무도 없고, 둘째 공주 주위로 사람들이 모여드는 것을 보고 모두 놀랐다. 비록 우둔했어도 첫째 공주 역시 그 점을 알고 있었다. 첫째는 둘째가 가진 총명함의 절반만이라도 얻고 싶었다. 왕비는 현명한 여자였지만, 첫째의 어리석은 행동을 몇 번이나 꾸짖어야 했고, 그로 인해 가엾은 첫째는 죽을 것 같은 고통을 겪었다.

그러던 어느 날, 첫째 공주는 자기의 불행을 한탄하며 숲으로 갔다. 거기에서 그녀는 한 남자를 보았다. 그는 키가 작고 아주 못생겼지만, 옷은 멋지게 차려입고 있었다. 바로 그가 고수머리 리케 왕자였다. 왕자는 사람들 속에서 퍼져 나간 첫째 공주의 초상화를 보고 사랑하게 되었고, 급기야 그녀를 직접 만나 이야기를 해 보고 싶은 마음에 왕궁을 나오고 말았다. 왕자는 첫째 공주와 마주쳤고, 그녀가 혼자 있다는 것을 알고는 너무 기뻐서 최대한 예의와 존경을 바쳐 말을 붙였다. 왕자는 공주와 일상적인 인사를 주고받으면서 그녀가 우울해하고 있음을 눈치챘다.

왕자가 공주에게 물었다.

"공주님처럼 아름다운 분이 어찌하여 이토록 슬픈 표정을 짓고 계신지, 저로서는 도무지 이해할 수 없습니다. 그동안 저는 수많은 미인들을 보았다고 자부할 수 있습니다. 그러나 그들 중 누구도 공주님의 아름다움에는 미치지 못한다는 것을 말씀드릴 수 있습니다."

"제 기분을 위해 농담하시는 거죠?"

공주는 이렇게 대꾸하고는 더 이상 말을 하지 않았다.

고수머리 리케가 다시 입을 열었다.

"아름다움은 크나큰 매력입니다. 그것으로 다른 부족한 모든 것을 대신할 수 있지요. 그런 아름다움을 가지고 있는데, 도대체 어떤 것이 공주님을 그토록 괴롭힐 수 있는지 저는 알 수가 없습니다."

이에 공주가 말했다.

"저는 차라리 당신처럼 못생겼어도 총명한 것이 더 좋습니다. 저처럼 아름답지만 바보 같은 것보다는 말이에요."

"공주님, 자신이 총명하지 못하다고 여기는 건 오히려 총명함을 증명하는 것이 되지요. 스스로의 총명함을 그렇지 않다고 생각하는 것만큼 총명함을 드러내 주는 것은 없습니다."

"모르겠어요. 하지만 제가 바보 같다는 것만은 알고 있어요. 그래서 죽고 싶을 만큼 슬퍼요."

"공주님, 바로 그런 이유로 괴로워한다면, 제가 그 고통을 쉽게 멈추게 해 드리겠습니다."

그러자 공주가 물었다.

"그럼, 어떻게 하실 건가요?"

리케가 대답했다.

"공주님, 저는 다른 사람을 총명하게 만들어 줄 수 있는 능력을 가지고 있습니다. 그런데 조건이 있어요. 제가 제일 사랑하는 단 한 사람에게만 그렇게 할 수 있지요. 당신이 바로 그 사람입니다. 저와 결혼한다면, 당신이 얼마나 총명해질 수 있을지는 오로지 당신에게 달렸습니다."

공주는 어리둥절해져서 입을 다물었다. 그러자 리케가 말했다.

"이 제안으로 당신이 당혹스러워하고 있다는 것을 압니다. 저는 놀랍지 않아요. 당신이 결정하도록 1년이라는 시간을 모두 드리겠습니다."

지혜가 거의 없던 공주는 그만큼 총명해지고 싶었고, 1년의 끝이 절대로 돌아오지 않으리라 생각했다. 그래서 공주는 주어진 제안을 받아들였다.

공주는 고수머리 리케와 1년 후 같은 날 결혼하기로 약속했다. 이전과는 완전히 달라진 자신을 느꼈다. 공주는 그를 기쁘게 해 줄 말을 골라 하는 것이, 또 편안하고 자연스러우며 세련된 태도로 말하는 것이 믿을 수 없을 만큼 쉽게 여겨졌다. 그때부터 공주는 고수머리 리케와 우아하고 품위 있는 대화를 나누기 시작했다. 그녀는 고수머리 리케가 준 능력으로 빛을 발휘했다. 고수머리 리케는 자신을 위해 남겨 두어야 할 총명함까지 그녀에게 더 줘 버렸다고 생각할 정도였다.

공주가 왕궁으로 돌아오자, 궁정의 모든 사람들은 너무나 급작스럽고 너무나 놀랍게 변한 그녀를 어떻게 생각해야 할지 몰랐다. 이전에는 어리석은 말만 하는 것으로 들렸었는데, 이제는 매우 분별 있고 재치 있는 말을 하는 것 같아서였다. 궁정의 모든 사람들이 거의 상상할 수 없었던 기쁨을 누렸다. 그러나 단 한 사람, 공주의 동생만은 그렇지 못했다. 언니보다 지혜가 더 뛰어나다는 것을 이제는 사람들에게 내세울 수 없게 되었기 때문에, 호감을 주지 못하는 못생긴 그녀 옆에는 누구도 얼굴을 비치지 않았다.

왕도 첫째 공주의 조언에 따라 행동했고, 때로 그녀의 거처에서 회의를 열었다. 이러한 변화에 대한 소문이 밖으로 퍼져 나갔다. 이웃 나라 왕자들이 첫째 공주의 사랑을 얻기 위해 애썼고, 거의 모든 왕자들이 청혼을 했다. 그러나 공주는 마음에 쏙 들도록 총명한 구혼자를 발견하지 못했고, 그중 누구와도 결혼 약속을 하지 않은 채 그들의 말을 듣기만 할 뿐이었다. 그러던 중 능력이 뛰어나고 아주 부자인 데다, 매우 총명하며 품성이 훌륭한 구혼자가 그녀 앞에 나타났다. 공주는 그에게 호감을 보였다. 그것을 눈치챈 부왕은 신랑감을 고르는 것을 딸의 뜻에 맡겼다.

공주는 결혼 문제를 생각하면 할수록 선뜻 결정하기가 어렵다는 것을 깨달았다. 공주는 부왕의 배려에 감사를 표하고 생각할 시간을 달라고 청했다. 공주는 여유를 가지고 자기가 해야 할 일을 곰

곰이 생각하기 위해 산책을 나갔다. 그런데 가다 보니 고수머리 리케를 만났던 그 숲에 다다랐다. 그녀가 깊은 생각에 잠겨 걷고 있는 그때, 마치 사람들이 왔다 갔다 하며 움직이는 것처럼 발밑에서 둔탁한 소리가 들렸다. 공주는 귀 기울여 주의 깊게 들어 보았다.

한 사람이 "그 냄비 가져와"라고 말하자, 다른 사람이 "저 솥 가져와"라고 말했고, 또 다른 사람은 "이 화덕에 장작 넣어"라고 말했다. 바로 그때 발밑으로 땅이 갈라지며 열렸고, 그녀는 커다란 부엌을 보았다. 요리사들과 조수들, 하인들이 부엌을 꽉 메우며 성대한 축하연을 준비하고 있었다. 20~30명의 요리사들은 숲 속 산책로에 자리를 잡고 아주 긴 테이블 옆에서 고기를 구울 준비를 하고 있었다. 모두 손에는 긴 꼬챙이를 들고, 머리에는 요리사 모자를 쓰고, 즐겁게 노래를 부르며 일을 하고 있었다.

그 광경에 놀란 공주가 그들에게 누구를 위한 축하연인지 물었다. 그러자 그들 중 책임자로 보이는 한 명이 대답했다.

"고수머리 리케 왕자님을 위한 것입니다. 내일 왕자님의 결혼식이 거행될 예정이거든요."

그 말에 공주는 한층 더 놀랐다. 1년 전 같은 날 고수머리 리케 왕자와 결혼하기로 약속했던 일이 갑자기 떠오르면서 공주는 기절을 할 뻔했다. 왕자와 결혼 약속을 했을 때에 그녀는 어리석었고, 왕자로부터 새로운 지혜를 얻으면서부터는 옛날 자신의 어리석였던 행동들을 깡그리 잊어버리고 있었던 것이었다. 산책을 계속하던 공주는 서른 걸음도 가지 않아서 멈추었다. 고수머리 리케가 그녀 앞에 나타났기 때문이었다. 왕자는 결혼식을 치르려는 신랑처럼 늠름하고 멋진 모습이었다.

왕자가 말했다.

"공주님, 저는 보시다시피 약속을 정확히 지켰습니다. 공주님도 약속을 지키기 위해 이곳에 온 것이라고 믿습니다. 저와의 결혼을 승낙하시어 이 세상에서 저를 가장 행복한 남자로 만들어 주시리라 믿어 의심치 않습니다."

그러자 공주가 대답했다.

"솔직하게 고백하겠습니다. 저는 마음을 아직 정하지 못했어요. 그런데 절대 당신이 바라는 대로 되지는 않을 것 같습니다."

이에 고수머리 리케가 말했다.

"공주님, 절 놀라게 하시는군요."

공주가 말을 이었다.

"그래요. 그런데 만약 제가 지금 잔인하고 무지한 사람을 상대하고 있다면, 저도 정말 난처하겠지요. 그 사람은 제게 이렇게 말하겠지요. 공주란 약속을 지키는 사람이니, 당신은 결혼을 해야 한다고요. 당신이 약속을 했으니까 그래야 한다고요. 그런데 제가 지금 이야기를 나누고 있는 사람은 세상에서 제일 지혜로운 분이니,

이성적으로 들어 주실 것이라 믿습니다. 제가 바보 같았던 때에도 왕자님과 결혼하는 것을 바로 결정하지 못했던 것을 왕자님은 알고 계십니다. 저는 왕자님께 지혜를 얻었고, 그 결과 사람 보는 눈이 훨씬 더 까다로워졌습니다. 그런데 어떻게 당신은 제가 예전에도 못 했던 결정을 하기를 바라십니까? 당신이 진심으로 저와 결혼을 생각하신다면, 제 어리석음을 거두어 간 것이 잘못이었고, 제가 보지 못했던 것을 분명하게 보도록 만든 것이 잘못이었습니다."

그러자 고수머리 리케가 대답했다.

"공주님의 말처럼, 만약 어떤 멍청한 남자가 공주님이 약속을 지키지 않았다고 비난한다면 당신은 그걸 받아들이셨을 테지요. 그런데 제 일생의 행복이 달린 이 상황에, 왜 저에게는 당신을 비난하지 말라고 하십니까? 총명한 사람이 그렇지 못한 사람보다 나쁜 조건에 놓이는 것이 타당하다는 말인가요? 그토록 총명해지고 싶어 했고, 또 총명해진 공주님이 어떻게 그렇게 주장할 수 있습니까? 이제 본론을 말하겠습니다. 제가 못생긴 것 말고 다른 무엇이 공주님의 마음에 들지 않습니까? 저의 가문, 총명함, 기질, 품행, 이중 어느 것 하나 만족스럽지 않은 것이 있습니까?"

공주가 대답했다.

"전혀 없어요. 저는 왕자님이 지금 이야기한 그 모든 점들을 좋아해요."

그러자 고수머리 리케가 말했다.

"그렇다면 저는 행복할 겁니다. 공주님께서 저를 세상에서 가장 사랑받는 남자로 만들어 주실 테니까요."

공주가 그에게 물었다.

"어떻게 그렇게 될 수 있죠?"

"제가 사랑받는 사람이 되기를 바라는 만큼 공주님이 저를 사랑하면 됩니다. 의심하지 않으셔도 됩니다. 제가 태어나는 걸 지켜보았던 요정은 사랑하는 사람에게 총명함을 주는 능력을 저에게 주었지요. 그 요정은 또 공주님에게 사랑하게 될 사람을 아름답게 만드는 능력을 선물로 내려 주었고요. 이제 공주님은 그 호의를 베풀고 싶은 사람에게 베풀면 됩니다."

이에 공주가 말했다.

"그게 사실이라면, 저는 왕자님이 세상에서 가장 멋지고 사랑스러운 남자가 되기를 바랍니다. 왕자님이 제게 주신 선물을 왕자님께 모두 드리겠어요."

공주가 그 말을 하자마자, 그녀의 눈에 고수머리 리케 왕자는 한 번도 본 적 없는, 세상에서 가장 아름다운 남자, 가장 잘생긴 남자, 가장 사랑스러운 남자로 보였다.

어떤 사람들은 요정의 마법 때문이 아니라 오직 사랑으로 그런 변화를 가져온 것이라고 단언했다. 그들의 말인즉, 공주가 사랑하

는 연인의 참을성과 신중함, 빼어난 자질과 총명함에 깊이 매료되어, 그의 흉한 몸이나 못생긴 얼굴이 더 이상 눈에 들어오지 않았다는 것이다. 공주의 눈에 왕자의 굽은 등은 멋진 남자의 널따란 등처럼 보였고, 혐오스럽게 다리를 저는 그의 모습은 생각에 빠져서 그러는 것으로 여겨졌다. 한술 더 떠서 왕자의 사팔뜨기 눈은 눈빛이 강렬해서 그런 것으로, 눈을 마주치지 못하는 것은 열렬한 사랑의 징표로 받아들였다. 마지막으로, 왕자의 크고 붉은 코는 용맹스럽고 영웅적으로 보이기까지 했다.

어쨌든, 공주는 아버지의 동의를 얻기만 하면 왕자와 결혼하기로 약속했다. 부왕은 딸이 고수머리 리케 왕자를 많이 흠모하고 있다는 것을, 그리고 이 왕자가 아주 명민하고 예지가 뛰어난 것을 알고는 기꺼이 사위로 받아들였다. 다음 날이 되자 결혼식이 거행되었다. 결혼식은 고수머리 리케가 오래전에 계획했던 대로 치러졌다.

4

당나귀 가죽

Peau d'âne

　먼 옛날, 세상에서 가장 강력한 힘을 가진 왕이 살았다. 이웃 왕들은 그를 두려워했지만, 그의 왕국은 평화로웠다. 왕비는 아름답고 너그러웠으며 공주는 모든 면에서 자질이 뛰어났다. 수백 명의 신하와 하인들이 궁에 살았다. 왕은 말을 많이 거느리고 있었다. 또한 당나귀도 한 마리 가지고 있었는데, 당나귀는 말들 한가운데에서 커다란 두 귀를 펼쳐 보이고 있었다. 당나귀는 한껏 사랑을 받았다. 사람들이 아침마다 이 당나귀 발밑에 똥 대신 금 조각들이 있는 것을 보았기 때문이었다. 감사하게도, 왕은 세상에서 가장 부유한 남자가 되었다.

　그러나 안타깝게도 행복의 끝이 왔다! 왕비가 병에 걸린 것이었다. 어떤 의사도 왕비의 병을 고칠 수 없었다. 왕비는 곧 죽을 것이었다.

왕비가 왕에게 말했다.

"당신에게 부탁 하나 드리고 싶어요! 당신이 재혼하고 싶으시다면……"

왕이 말했다.

"재혼이라고? 아니오, 절대 하지 않겠소!"

왕비가 말했다.

"할 수 없는 것을 요구할 수는 없지요. 만약 당신이 재혼을 한다면, 저보다 아름답고, 저보다 맘씨 좋은 여자여야만 해요!"

왕비는 자기가 매우 아름답다고 여겼다. 그래서 왕이 절대 재혼하지 못할 것이라고 생각했다.

왕은 슬펐다. 왕비가 하라는 대로 하겠다고 약속했다.

왕비는 죽었다. 왕은 밤낮없이 눈물을 흘렸다.

왕궁 사람들은 말했다.

"왕께서 너무 많이 눈물을 흘리신다. 하지만 그건 그리 오래가지 않을 것이다!"

예측은 틀리지 않았다. 몇 달 뒤, 왕은 결혼을 원했고, 새 여자를 찾았다. 그때 그는 왕비의 유언을 떠올렸다.

'만약 당신이 재혼을 한다면, 저보다 아름답고, 저보다 맘씨 좋은 여자여야만 해요!'

어떻게 할 것인가? 왕은 궁 안은 물론이고 시골과 도시, 이웃 나라에서까지 샅샅이 물색했다. 죽은 왕비보다 아름다운 여자는 오직 하나뿐이었다. 자신의 딸이었다!

왕은 사랑으로 미쳐 버렸다. 자기 딸과의 결혼을 원하다니! 그러나 공주는 이런 사랑의 말을 듣고 싶어 하지 않았다. 공주는 밤이고 낮이고 눈물을 흘렸다.

마음속을 꽉 채운 슬픔을 안고, 공주는 아주 멀리, 바닷가 성에 살고 있는 친척 아주머니를 찾아갔다. 이 아주머니로 말할 것 같으면 아주 능력이 뛰어난 요정이었다.

요정이 공주에게 말했다.

"공주님께서 왜 저를 보러 오셨는지, 왜 그리 슬퍼하시는지 알겠어요. 자, 이제부터는 울지 마세요. 제가 공주님께 드리는 말대로 하신다면, 다 잘될 거예요. 당신의 아버지는 당신과 결혼하고 싶어 하십니다. 그건 아주 나쁜 거지요. 그런데 아버지를 격노하지 않게 하면서, 이 결혼을 막을 수 있답니다! 아버지에게 이렇게 말하세요. '아버지, 제게 사계절 색깔이 들어간 드레스를 만들어 주세요. 그러면 결혼해 드릴게요!' 왕은 강력하시고, 부자이십니다. 그러나 절대 이 드레스 선물은 만들 수 없을 것입니다."

공주는 즉각 왕에게 그 드레스를 청했다. 그러자 왕은 재봉사에게 명했다.

"사계절 색깔이 들어간 드레스를 만들라! 빨리 만들라, 그렇지 않으면 죽게 될 것이다."

다음 날 드레스가 완성되었다. 황금색 구름에 파란 하늘색의 아름다운 드레스였다.

공주는 드레스를 보고 기쁜 동시에 슬펐다.

공주가 요정에게 말했다.

"드레스가 아름다워요. 그럼 결혼해야 하는 건가요?"

그러자 요정이 말했다.

"공주님, 더 눈부신 드레스, 달빛 색깔의 드레스를 만들어 달라고 하세요!"

왕은 공주의 말에 귀를 기울였고, 재봉사에게 명했다.

"달과 똑같이 아름다운 드레스를 지어라. 나흘을 주겠다."

주문한 드레스가 곧 완성되었다. 드레스는 달보다도 더 아름다웠다. 공주는 아버지와 결혼을 해야 할 지경이었다.

다행히도 요정이 공주에게 일렀고, 공주는 왕에게 또 다른 드레스를 청했다.

"저는 태양빛 드레스, 훨씬 더 눈부신 드레스를 원해요."

사랑에 미친 왕은 이번에도 재봉사를 불러 명했다.

"다이아몬드를 박아 반짝이는 드레스를 만들어라. 내 마음에 들지 않으면 죽임을 당할 것이다!"

주말이 되기 전에 드레스가 당도했다. 태양보다도 찬란하고 빼어난 옷이었다.

공주는 이 옷 선물들에 넋이 나가 왕에게 뭐라고 말해야 할지 모를 지경이었다.

그때 요정이 공주의 손을 잡고 귓속말로 속삭였다.

"계속 선물을 요구하세요! 왕은 금 조각을 내놓는 당나귀가 필요해요. 그 당나귀가 없으면, 당신을 결혼 제물로 요구할 수 없을 거예요. 그 놀라운 짐승의 가죽을 달라고 하세요. 왕은 당신에게 그것을 주지 않을 겁니다. 제가 확신하건대, 왕은 계속 부자로 남고 싶어 할 테니까요."

요정은 많은 것에 대해 잘 알았지만, 왕의 사랑이 부자에 연연하지 않는다는 사실은 알지 못했다. 왕은 즉시 공주에게 당나귀 가죽을 바쳤다.

왕이 당나귀 가죽을 가져오자, 공주는 절망의 눈물을 흘렸다.

그때 요정이 와서 공주에게 말했다.

"두려워할 필요가 없습니다! 왕에게 진정으로 결혼하고 싶다고 말하세요. 그런 다음, 아무도 알아보지 못하도록 분장을 하고, 즉시 멀리 떠나세요. 여기 공주님의 옷과 거울, 보석을 챙길 큰 가방이 있어요. 거기에 또 제가 마술 지팡이를 드리겠습니다. 지팡이를 잡으세요. 그러면 가방이 땅속에서 당신을 따라갈 것입니다. 아무에게도 가방은 보이지 않습니다. 가방을 열려면, 지팡이로 땅을 두드리세요. 그러면 가방이 나타날 것입니다. 이 흉측한 당나귀 가죽을 당신 등에 씌우세요. 아무도 당신을 알아보지 못할 것입니다."

공주는 요정과 헤어졌다. 그날 아침, 신하가 왕에게 공주가 사라졌음을 알릴 때 왕은 결혼 준비를 하고 있었다. 즉시 궁정의 집들과 길이란 길들은 모두 뒤지며 공주를 찾았다. 공주는 어디에 있는 것일까?

모두 슬픔에 잠겼다. 더 이상 결혼식도, 훌륭한 저녁 식사도, 맛있는 과자도 없었다⋯⋯.

그러는 동안, 공주는 계속 길을 걸어갔다. 얼굴은 먼지로 뒤덮였다. 이제 공주는 불쌍한 여자로 보였다. 공주는 일자리를 찾았다. 그러나 누가 더러운 행색의 여자 말을 들어 주고 싶어 하겠는가?

그렇게, 공주는 떠났다. 멀리, 아주 멀리, 아득히 멀리.

공주는 한 농장에 도착했다. 마침 농장 여주인은 빨래와 돼지 키우는 일을 거들 하녀가 필요하던 참이었다. 공주에게 '당나귀 가죽'이라는 이름이 주어졌고, 공주는 부엌 구석에 머물게 됐다. 다른 하인들은 당나귀 가죽에게 관심을 보이지 않았다.

일요일이었다. 공주는 아주 한가로웠다. 아침에 일을 마쳤고, 오후에는 방에 머물렀다. 문을 잠그고, 화장을 했다. 그리고 가방을

열었다. 거울 앞에서 드레스들 중 하나를 입었다. 달의 드레스를 입거나, 태양의 드레스를 입거나, 계절들이 수놓아진 드레스를 입거나, 하늘보다 더 아름다운 드레스를 입었다.

공주는 자신의 모습을 바라보았다. 아름답고 우아했다. 공주는 불행을 덜 느꼈다.

그런데 여기에서 우리가 간과해서는 안 되는 것이 있다. 공주가 숨어 있는 농장은 어느 강력한 왕의 소유였던 것이다.

사냥 후, 그 왕의 아들은 쾌적한 이곳으로 종종 친구들과 휴식을 하러 왔다. 그는 젊고, 잘생기고, 늠름한 왕자였다.

어느 날 당나귀 가죽은 왕자를 알아보았다. 보는 즉시 사랑에 빠졌다. 낡은 옷에, 당나귀 가죽에 묻혀 있었지만, 그녀의 가슴만은 언제나 자신이 공주임을 지키고 있었다.

공주는 생각했다.

'잘생겼어, 너무 잘생겼어. 벌써 나는 그를 사랑하고 있는걸…….'

그러던 어느 일요일, 왕자는 농장을 산책하다가 뜰 안쪽 깊은 곳에 이르렀다. 당나귀 가죽의 작은 방 앞을 지나가던 그는 창문을 통해 공주를 보았다.

그날도 공주는 태양보다 더 눈부신 드레스를 입었다. 왕자는 오랫동안 공주를 바라보았다.

'아름다운 드레스구나! 그러나 저 아가씨는 드레스보다 더 아름다운걸! 마음씨가 좋을 게 틀림없어……."

왕자는 사랑에 빠졌다. 세 번, 왕자는 문을 밀고 들어가려고 했
다가, 세 번, 문 앞에서 멈추어 섰다. 그 낯선 아가씨가 두려움을 느
끼게 하고 싶지 않았기 때문이었다.

왕자는 왕궁으로 돌아왔다. 그리고 줄곧 홀로 있었다. 밤이나 낮
이나 왕자는 그 아가씨를 생각했다. 왕자는 더 이상 무도회에도, 사
냥에도, 연극에도 가고 싶지 않았다. 그는 더 이상 먹고 싶지도 않
았다. 그는 아무것도 하지 않았다. 그는 사랑으로 죽을 것 같았다.

왕자가 물었다.

"뜰 깊은 안쪽에 사는 그 아름다운 아가씨는 누구인가?"

그러자 사람들은 왕자에게 이렇게 말했다.

"당나귀 가죽이에요. 아름답지 않은걸요. 세상 사람들을 두렵게
만드는 여자랍니다. 그 여자를 사랑하는 건 정말 불가능하지요!"

"아니, 그건 그대의 생각이지, 나는 그렇게 생각하지 않소! 난 그
아가씨를 사랑하오. 그 아가씨의 얼굴을 본 기억을 내 가슴속에 언
제나 간직하고 있소!"

왕자의 어머니인 왕비는 눈물을 흘리며 말했다.

"넌 내 유일한 아들이다! 네가 왜 그렇게 슬퍼하는지 이야기해
다오……."

왕자 역시 눈물을 흘리며 말했다.

"당나귀 가죽에게 케이크를 만들라고 해 주세요. 그러면 그걸 먹겠습니다. 그것이 제가 원하는 전부입니다!"

왕비는 무슨 말인지 이해하지 못했다. 그래서 사연을 알아보도록 했는데, 이런 말을 들었다.

"왕비님, 그 당나귀 가죽은 짐승보다 더럽고 추하답니다."

무엇보다 왕자를 사랑하는 왕비는 이렇게 대답했다.

"할 수 없지! 왕자가 계속 울고 있는 것을 두고 볼 수 없어요. 당나귀 가죽에게 케이크를 만들라고 하십시오!"

당나귀 가죽은 빻아 놓은 밀가루에 소금과 버터, 달걀을 섞어 훌륭하게 반죽을 했다. 그리고 최고의 케이크를 왕자에게 주기 위해 자기 방에 들어가 자리를 잡았다. 우선 손과 팔, 얼굴을 닦았고, 그런 다음 일을 시작했다.

몇몇 사람들은 그녀가 서두르다가 얼결에 밀가루 반죽에 반지를 빠트렸다고 말했다. 또 다른 사람들은 공주가 작정하고 반지를 반죽에 빠트렸다고도 말했다. 나에게 물으면, 공주 역시 창문으로 자신을 바라보던 왕자를 보았다고 말하겠다. 여자들이란 모든 것을 보는 법이니까. 그러니 나는 공주가 반죽에 반지를 넣고 싶었을 것이라고 확신한다. 왜냐하면 그 반지가 왕자의 마음을 기쁘게 해 주리라는 것을 공주는 알고 있었기 때문이다.

케이크는 훌륭했고, 왕자는 맛있게 먹었다. 다행히 왕자는 반지를 먹지 않았다. 왕자는 반지를 들고 그것을 유심히 보았다. 그는 반지가 아주 작다는 것을 알아차렸다. 왕자는 행복했고, 반지를 베갯속에 두었다. 그러나 왕자는 점점 더 병이 깊어 갔고, 의사는 왕자가 앓고 있는 병이 바로 상사병이라고 말했다. 왕자가 결혼을 해야만 낫는 병이었다!

왕자가 말했다.

"정말 결혼을 하고 싶습니다. 그렇지만 이 반지가 손가락에 꼭 맞는 여자여야만 결혼할 것입니다!"

왕과 왕비는 깜짝 놀랐다. 그러나 젊은 왕자의 불행을 보면서 어떻게 안 된다고 말할 수 있겠는가?

그래서 사람들은 왕세자비를 찾기 시작했다. 온 나라의 여자들은 반지를 손가락에 껴 보려고 했다.

여자들은 그 반지를 끼려면 손가락이 매우 가느다래야 한다는 것을 알고 있었다. 어떤 여자들은 손가락 중 하나를 잘랐다. 또 어떤 여자들은 과일 껍질 벗기듯이 손가락의 껍질을 벗겼다. 각자 반지를 끼는 데 성공하는 것처럼 보이려고 애를 썼다.

공주들과 궁녀들 중에는 손가락이 아주 가느다란 이들이 있기도 했으나, 반지에는 들어가지 않았다.

도시의 여자들도 애썼으나 마찬가지였다. 어떤 여자들은 손가락은 예뻤지만 반지가 너무 작았다.

그야말로 수백 명의 여자들, 하녀들, 요리사들까지 도시와 시골 가릴 것 없이 찾아왔으나, 손가락이 굵었다. 그 손가락으로는 반지를 낄 수가 없었다!

단 한 여자만이 반지를 껴 보러 왕궁에 오지 않았는데, 바로 당나귀 가죽이었다. 당나귀 가죽은 부엌 깊은 안쪽에 남아 있었다. 그녀는 공주 아닌가? 그러나 그녀는 공주였는데도 그럴 수 없었다.

진실을 알고 싶었던 왕자가 말했다.

"그녀를 데려오시오!"

"왜 그 흉측한 짐승을 데려오라고 하시나요?"

마침내 당나귀 가죽이 왕궁에 왔다. 그녀는 당나귀 가죽으로 감춰져 있던 희고 장밋빛이 도는 작은 손을 건넸다. 그러자…… 그녀의 손가락은 반지에 꼭 맞았다.

모든 귀족들은 경악했다. 그들은 즉시 왕자에게 보여 주기 위해 그녀를 데려가고 싶어 했다.

당나귀 가죽이 말했다.

"안 돼요. 저는 아직 왕자님을 볼 수 없습니다. 다른 옷을 입을 시간을 주세요!"

공주가 아름다운 드레스를 입고 나타나자 더 이상 누구도 웃지 못했다. 금발 머리에, 파란색의 큰 눈동자, 그리고 부드러운 미소. 그녀는 모든 여자들 중에서 가장 아름다웠다.

왕은 아름답고 매력적인 며느리가 자랑스러웠고, 왕비는 질투했고, 왕자는 행복해했다.

결혼식 준비가 시작되었다. 동양과 아프리카의 모든 국왕들이 초대되었다. 도처에서 초대객들이 찾아왔다.

그중에는 당나귀 가죽의 아버지도 있었다. 한때 그는 딸을 사랑했지만, 시간이 흐른 지금 그는 아버지로서 딸을 사랑했다.

그가 말했다.

"하느님의 은혜로 너를 다시 찾았구나, 사랑하는 내 딸아!"

그때 요정이 도착했다. 요정은 사연을 전부 설명했고, 저마다 공주들 중에서 가장 아름다운 당나귀 가죽을 축하했다.

...peron rouge

...te

...le Village, la plus jol... qu'on pu...
...a mère grand plus... oqu...
...n petit chaperon roug...
...elait le Petit Chaperon...
...ait des gal... tes, lui dit... V...
...t or...
...oi de Mère... Petit...
...het se trouvaient, qu'un...
...t tant que la mère...

5

빨간 모자

Le Petit Chaperon Rouge

　옛날 옛적, 어느 작은 마을에 세상에서 제일 예쁜 소녀가 살고 있었다. 소녀의 엄마는 딸을 끔찍하게 사랑했고, 소녀의 할머니는 엄마보다도 더 끔찍하게 손녀를 사랑했다. 이 할머니는 손녀에게 썩 잘 어울리는 작고 빨간 모자를 만들어 주었는데, 어딜 가나 사람들은 손녀를 보고 '빨간 모자'라 불렀다.

　어느 날 소녀의 엄마가 갈레트*를 만들어 빨간 모자에게 말했다.

　"할머니가 어떻게 계신지 보고 오렴. 편찮으시다고 하니까. 갈레트와 이 버터 단지를 가져다 드리고."

　빨간 모자는 곧바로 다른 마을에 살고 있는 할머니 댁으로 가기

---

* galette, 프랑스에서 식사 후 디저트나 간식으로 즐기는 달콤한 빵 과자.

위해 출발했다. 숲 속을 통과하다가 늑대 녀석을 만났다. 늑대는 소녀를 덥석 잡아먹고 싶었지만, 숲 속에 있던 나무꾼들 때문에 그러지 못했다. 늑대는 빨간 모자에게 어디에 가느냐고 물었다. 이 불쌍한 아이는 가던 길을 멈추고 늑대의 말을 들어 주는 것이 위험하다는 것을 알지 못한 채, 늑대에게 대답했다.

"할머니 댁에 가고 있어요. 엄마가 갈레트랑 버터 단지를 할머니께 가져다 드리라고 했거든요."

그러자 늑대가 빨간 모자에게 말했다.

"할머니가 멀리 살고 계시니?"

빨간 모자가 대답했다.

"네, 저 아래 보이죠? 바로 저기 풍차가 있는 마을 첫 번째 집이에요."

"그렇구나. 나도 할머니를 뵈러 가고 싶구나. 나는 이 길로 갈 테니, 너는 저 길로 가렴. 누가 할머니 댁에 빨리 도착하는지 보자."

늑대가 말했다. 그러고는 자신이 아는 길 중 제일 빠른 길로 달려가기 시작했다. 빨간 모자는 제일 오래 걸리는 길로 가면서 즐겁게 개암을 따기도 하고, 나비를 쫓아다니기도 하고, 눈앞에 나타나는 들꽃들을 꺾어 다발을 만들기도 했다. 늑대가 할머니 집에 도착하는 데에는 오래 걸리지 않았다. 늑대는 문을 똑, 똑 두드렸다.

"누구시오?"

할머니가 물었다.

늑대는 빨간 모자의 목소리를 흉내 내며 말했다.

"할머니, 손녀 빨간 모자예요. 엄마가 할머니한테 갈레트랑 버터 단지를 가져다 드리라고 해서 왔어요."

몸이 좋지 않은 할머니는 침대에 누운 채로 소리쳤다.

"문에 달린 작은 쐐기를 잡아당기렴! 그러면 나무 빗장이 열릴 거야."

늑대는 쐐기를 잡아당겨서 문을 열었다. 그러고는 할머니에게 달려들어 그녀를 먹어 치웠다. 늑대는 사흘이 넘도록 먹은 게 아무것도 없었던 것이다. 할머니를 잡아먹은 늑대는 문을 걸어 잠갔다. 그리고 할머니 침대 속으로 몸을 숨겼고, 20여 분 뒤 문을 두드릴 빨간 모자를 기다렸다. 똑, 똑 하고 문 두드리는 소리가 났다.

늑대가 물었다.

"누구시오?"

빨간 모자는 늑대의 걸걸한 목소리가 들려오자 두려움을 느꼈다. 그러나 할머니가 감기에 걸려 목이 쉬었다고 생각했다.

"할머니, 손녀 빨간 모자예요. 엄마가 할머니한테 갈레트랑 버터 단지를 가져다 드리라고 해서 왔어요."

늑대는 할머니의 목소리로 조금 누그러뜨려서 외쳤다.

"문에 달린 작은 쐐기를 잡아당기렴! 그러면 나무 빗장이 열릴 거야."

빨간 모자는 쐐기를 잡아당겨서 문을 열었다. 소녀가 들어오는 것을 보고 있던 늑대는 침대 시트 속으로 몸을 숨기며 말했다.

"갈레트랑 버터 단지를 뒤주 위에 올려놓고, 이리 와서 나와 함께 누우렴."

빨간 모자는 외투를 벗고 침대로 가면서, 할머니가 옷을 벗은 채 있는 것을 보고는 깜짝 놀랐다.

소녀는 할머니에게 물었다.

"할머니, 팔이 왜 이렇게 큰데요?"

늑대가 대답했다.

"얘야, 그건 너를 잘 안아 주기 위해서란다."

"할머니, 다리는 왜 이렇게 큰데요?"

"얘야, 그건 잘 달리기 위해서란다."

"할머니, 귀는 왜 이렇게 큰데요?"

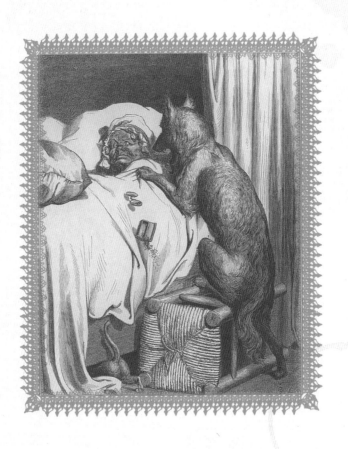

"애야, 그건 잘 듣기 위해서란다."

"할머니, 눈은 왜 이렇게 큰데요?"

"애야, 그건 잘 보기 위해서란다."

"할머니, 이빨들은 왜 이렇게 큰데요?"

"그건, 너를 잡아먹기 위해서지!"

이 말을 하면서, 사나운 늑대는 빨간 모자에게 달려들어 소녀를 먹어 치웠다.

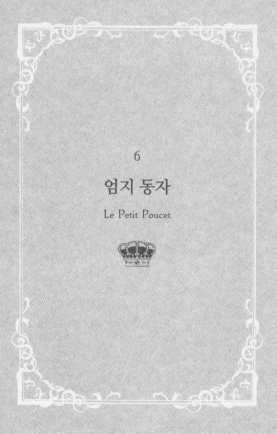

6

엄지 동자

Le Petit Poucet

옛날 옛적 나무꾼 부부가 살았다. 부부에게는 일곱 명의 자식이 있었다. 모두 아들이었다. 그런데 큰아들이 열 살, 막내아들이 일곱 살이었다. 어떻게 그럴 수 있는지 사람들은 놀라워했다. 하지만 사실이었다. 나무꾼 아내는 빠르게 임신을 해 댔고, 한 번에 둘 이상씩 낳기도 했다.

부부는 몹시 가난했다. 아이들 스스로 생계를 해결할 수 없으니 부부에게는 큰 짐이었다. 부부를 더 힘들게 한 것은 막내였다. 막내는 심하게 허약했고, 말을 하지 않았다. 부부는 이 아이가 몹시 걱정스러웠다. 사실 막내는 착한 심성에 배려심이 깊었지만 사람들에게는 좀 덜떨어진 것으로 잘못 알려졌다. 이 아이는 어찌나 작았는지, 태어날 때 엄지손가락만 하다고 해서 '엄지 동자'라고 불

렸다. 가엾은 엄지 동자는 모든 면에서 늦되었고, 집안의 근심거리
였다. 그러나 이 아이는 가장 사려 깊었고 형제들의 의견을 새겨
들었다. 말은 제일 적게 하면서 모든 것에 귀를 기울였다.

어느 해에 흉년이 들어, 기근이 너무 심각했다. 이 불쌍한 부부
는 아이들을 멀리 내다 버리는 수밖에 없었다. 어느 날 저녁, 아이
들이 잠을 자러 올라갔다. 그러자 나무꾼이 침통한 표정으로 아내
에게 말했다.

"아이들을 더 이상 먹여 살리기 힘들다는 걸 당신도 잘 알고 있
소. 내 눈앞에서 아이들이 굶어 죽는 것을 어찌 보오. 내일 아이들
을 숲 속으로 데려가서 버리기로 마음먹었소. 어렵지는 않을 거요.
애들이 나뭇단을 묶느라 정신이 팔려 있을 때, 애들 눈에 띄지 않
게 피신해 오면 될 거요."

"아니, 당신이 어떻게 그럴 수 있
어요? 애들을 버리다니요!"

아내가 외쳤다. 나무꾼은 지독하
게 가난한 형편을 상기시키며 아내
를 설득했다. 아내는 받아들일 수
없었다. 무엇보다 아이들의 엄마이
기 때문이었다. 그러나 그녀는 아이
들이 굶어 죽는 것을 보게 될 때의

끔찍한 고통을 생각하고는 남편의 제안을 수락했다. 그리고 울면서 잠들었다.

엄지 동자는 그들 사이에 오간 이야기를 모두 들었다. 자기 침대에서 잠을 자려다가 아버지와 어머니가 심각한 이야기를 나누고 있다는 사실을 알게 된 것이었다. 엄지 동자는 자리에서 일어나, 들키지 않고 잘 듣기 위해 아버지의 의자 밑으로 기어 들어갔다. 그리고 다시 자기 침대로 돌아와 누웠지만, 앞으로 어떻게 해야 할지 생각하느라 남은 밤 내내 한숨도 못 잤다. 아침 일찍 일어난 엄지 동자는 개울가로 향했다. 거기에서 작고 흰 조약돌들을 주머니 가득 채워다. 그리고 집으로 돌아왔다.

이윽고 식구들은 모두 숲으로 출발했다. 그렇지만 엄지 동자는 자신이 알고 있는 비밀을 형들에게 말하지 않았다. 그들은 울창한 숲 속 깊이 들어갔다. 거기에서는 열 걸음만 떨어져도 서로 보이지 않았다. 나무꾼은 나무를 베기 시작했다.

아이들은 나뭇단을 쌓기 위해 가지들을 주워 모았다. 나무꾼 부부는 아이들이 열중하고 있는 것을 바라보면서, 알아채지 못하게 아이들에게서 멀어졌다. 그러고는 작은 지름길로 해서 숲으로부터 완전히 빠져나왔다.

자기들만 남겨진 것을 알았을 때, 아이들은 소리를 지르며 흐느껴 울기 시작했다. 엄지 동자는 형들이 울게 그대로 두었다. 그는 어디로 해서 집으로 돌아갈지 잘 알고 있었다. 숲 속으로 들어올 때, 주머니 속에 넣어 둔 희고 작은 조약돌들을 길을 따라서 떨어트려 놓았기 때문이었다.

엄지 동자는 형들에게 말했다.

"엄마 아빠가 우리를 여기에 버려두고 갔지만, 두려워하지 않아도 돼. 내가 형들을 집으로 데려다줄 테니까 나만 따라와."

형들은 엄지 동자를 따라갔고, 엄지 동자는 그들이 왔던 길과 같은 숲길로 형들을 이끌고 집까지 갔다. 형제들은 곧장 집에 들어가지 못하고, 어머니와 아버지가 말하는 것을 들으려고 문에 귀를 댔다.

나무꾼 부부가 숲에서 집으로 돌아오자마자, 마을 영주가 그들에게 10에큐*를 보내 주었다. 그 돈은 오래전 부부가 영주에게 빌려주었으나 받을 생각을 못 하고 있던 것이었다. 굶어 죽을 지경에 처한 이들 부부에게 그 돈은 삶의 원기를 되찾아 주었다. 나무꾼은 그 즉시 아내를 푸줏간에 보냈다. 고기를 먹어 본 지 너무 오래되었던지라 아내는 두 사람이 먹을 분량보다 세 배나 더 많은 고기를

---

* écu, 프랑스의 옛 은화.

샀다. 부부가 배불리 식사를 마쳤을 때, 아내가 탄식했다.

"불쌍한 우리 애들은 어디에 있을까요? 남은 음식을 아이들이 맛있게 먹을 텐데요. 그리고 기욤, 당신 잊지 마세요. 바로 당신이 아이들을 버리길 원했다는 것을요. 후회할 거라고 내가 그토록 말했는데. 지금 아이들은 숲에서 무엇을 하고 있을까요? 오, 하느님! 늑대들이 아이들을 잡아먹었을지도 몰라요! 당신은 아이들을 버릴 정도로 비정한 사람이에요."

후회할 거라고 말하지 않았느냐는 이야기를 아내가 하고 또 하고, 스무 번도 넘게 하자, 나무꾼은 결국 인내심을 잃었다. 나무꾼은 아내에게 입을 다물지 않으면 때릴 것이라고 윽박질렀다. 사실 나무꾼도 아내 못지않게 괴로웠다. 하지만 아내는 머리가 깨질 정도로 그를 괴롭혔다. 다른 많은 남자들이 여자들이 말을 잘하는 것은 좋아하면서도 언제나 옳은 말만 하는 여자에게는 불편한 심기를 드러내는 것처럼, 나무꾼도 그러했다.

나무꾼 아내의 얼굴은 눈물범벅이 되었다.

"아이고, 불쌍한 내 새끼들은 어디에 있을까나?"

나무꾼 아내가 크게 울부짖었고, 문 밖에서 귀를 기울이고 있던 아이들은 그 말을 듣고 일제히 울음을 터트렸다.

"우리 여기 있어요! 여기!"

나무꾼 아내는 얼른 문으로 달려가 열었다. 그리고 아이들을 부둥켜안으면서 말했다.

"너희를 다시 보니, 이제 숨을 쉴 것 같구나. 오, 사랑하는 내 새끼들! 얼마나 힘들었니. 배는 얼마나 고팠을까. 피에로야, 어쩜 넌 흙투성이가 되었구나! 어서 이리 오렴, 엄마가 씻겨 줄게."

피에로는 맏아들이었다. 나무꾼 아내는 아이들 중 피에로를 제일 좋아했다. 자기처럼 머리카락이 불그스름했기 때문이었다. 아이들은 식탁에 앉았고, 맛있게 음식을 먹었다. 그 모습을 보며 나무꾼 부부는 몹시 기뻤다. 아이들은 한결같이 입을 모아 숲에서 겪었던 공포를 이야기했다.

선량한 나무꾼 부부는 아이들을 다시 만나 함께 있는 것이 너무나 기뻤지만, 이 기쁨은 그들에게 10에큐가 남아 있을 때까지만 지속되었다. 돈을 다 써 버리자, 부부는 다시 전과 같은 슬픔에 잠겼다. 부부는 아이들을 한 번 더 버리기로, 이번에는 실패하지 않도록 처음보다 훨씬 더 멀리 데리고 가기로 결정했다. 부부가 아무리 작게 이야기를 해도 엄지 동자의 귀에 들리지 않게 할 수는 없었다. 엄지 동자는 이전에 그랬던 것처럼 헤쳐 나올 궁리를 했다. 엄지 동자는 조약돌을 주우러 가기 위해 아침 일찍 일어났으나, 결국 갈 수 없었다. 문이 이중으로 잠겨 있는 것을 알게 된 것이었다. 엄지 동자는 어떻게 해야 할지 몰랐다. 그러다 문득 어머니가 아이들에게 빵을 한 조각씩 줄 때, 조약돌 대신 자신의 빵을 주머니에 넣

었다가 길에 조금씩 떨어트려 놓아야겠다고 생각했다. 엄지 동자
는 빵 한 조각을 주머니에 넣었다.

나무꾼 부부는 아이들을 데리고 더 깊고 더 어두컴컴한 숲 속으
로 갔다. 아이들이 모두 도착하자마자 부부는 아이들을 버려두고
슬쩍 옆길로 새어 빠져나왔다. 엄지 동자는 많이 슬퍼하지 않았다.
올 때 빵 조각들을 여기저기 떨어트려 놓았던 방법으로 쉽게 길을
찾으리라 믿었기 때문이었다. 그러나 곧 엄지 동자는 깜짝 놀랐다.
빵 부스러기가 하나도 보이지 않았던 것이다. 새들이 날아와서 싹
주워 먹은 탓이었다.

그러니 아이들은 정말로 곤란한 지경에 빠졌다. 길을 찾아 나아
간다는 게 더 깊은 숲 속으로 들어가는 꼴이 되었다. 밤이 되었고,
엄청난 바람이 불어왔다. 어둠과 거센 바람에 휩싸여 아이들은 공
포에 질려 떨었다. 늑대들이 잡아먹으려고 으르렁거리며 다가오
는 소리가 아주 가까이에서 들리는 것 같았다. 아이들은 소리를 내
거나 고개를 돌릴 엄두를 내지 못했다. 굵은 빗줄기가 뼛속까지 파
고들 기세로 쏟아졌다. 아이들은 걸음을 옮길 때마다 진흙 속에 미
끄러져 넘어졌고, 일어나려고 해도 진흙 범벅이 된 손으로 어떻게
할 수가 없었다.

엄지 동자는 전혀 아무것도 안 보이지는 않을 거라는 생각에 나
무 위로 기어 올라갔다. 고개를 돌려 사방을 살피다가 촛불처럼 보

이는 작은 불빛을 보았다. 불빛은 숲 너머 아주 멀리에서 반짝이고 있었다. 엄지 동자는 나무에서 내려왔다. 발이 땅에 닿자마자 불빛은 더 이상 조금도 보이지 않았다. 엄지 동자는 낙심했다. 그래도 엄지 동자는 불빛을 보았던 쪽으로 형들과 함께 계속 걸었고, 숲을 빠져나오면서 다시 그 불빛을 보았다. 마침내 아이들은 불빛을 내던 집에 도착했다. 아이들은 우묵한 곳을 지나갈 때마다 불빛이 안 보여서 자주 두려움에 떨기도 했다.

아이들은 문을 두드렸고, 착하게 보이는 여인이 문을 열어 주었다. 그리고 무슨 일로 왔냐고 물었다. 엄지 동자가 나서서 자기들은 숲에서 길을 잃은 불쌍한 아이들이라고 말했다. 그리고 하룻밤 묵도록 베풀 수 있느냐고 물었다. 아이들을 너무나 사랑스러운 눈길로 보던 이 여인은 눈물을 흘리기 시작했다. 그러고는 아이들에게 말했다.

"불쌍하기도 하지! 너희가 찾아온 이 집이 어떤 집인지 아니? 바로 어린아이들을 잡아먹는 식인귀가 사는 집이란다."

그러자 엄지 동자가 형들처럼 사시나무 떨듯 떨면서 말했다.

"아아, 아주머니, 저희는 어떻게 해야 할까요? 아주머니가 저희를 거두어 주시지 않으면, 숲의 늑대들이 오늘 밤 저희를 잡아먹을 게 뻔한걸요. 그렇게 될 처지라면 차라리 여기 식인귀님이 잡아 드시는 게 좋겠다는 생각이에요. 아주머니께서 잘 부탁해 주시면, 혹

시 저희를 가엾게 여기실 수도 있지 않을까요."

식인귀의 아내는 다음 날이 될 때까지 식인귀 남편에게서 아이들을 숨길 수 있을 것으로 생각했다. 그래서 아이들을 들어오게 하여 불가에서 따뜻하게 몸을 녹이게 했다. 불가에는 식인귀의 저녁 식사를 위해 양 한 마리가 통째로 꼬치에 꿰어져 구워지고 있었기 때문이었다. 몸이 덥혀지기 시작했을 때, 아이들은 서너 차례 문을 거칠게 두드리는 소리를 들었다. 식인귀가 돌아온 것이었다. 식인귀의 아내는 얼른 아이들을 침대 밑에 숨겨 주고, 문을 열러 갔다. 식인귀는 무엇보다 저녁 식사가 준비되었는지, 그리고 포도주를 꺼내 놓았는지 묻고는 얼른 식탁에 앉았다. 양고기에서는 아직도 피가 흐르고 있었다. 식인귀에게는 피가 흥건한 상태가 제일 맛있게 보였다. 이 괴물은 신선한 고기 냄새가 나는 것 같다고 말하며, 오른쪽으로 왼쪽으로 코를 킁킁거렸다.

그러자 아내가 말했다.

"당신이 맡은 냄새는 제가 방금 만든 송아지 요리에서 나는 냄새랍니다."

그러자 식인귀가 아내를 곁눈질로 쳐다보며 되받았다.

"당신한테 다시 한 번 말하지만, 신선한 살 냄새가 난다고. 뭔가 이상한 낌새가 있어."

이렇게 말하고 식인귀는 자리에서 일어나 곧장 침실 쪽으로 걸어갔다.

"아니, 이게 뭐야! 이 빌어먹을 여편네가 날 속이려고? 내가 왜 이 여편네를 잡아먹지 않고 놔뒀는지 모르겠군. 늙어서 다행으로 여기라고. 며칠 뒤에 식인귀 친구 셋이 오기로 했는데, 이 애들을 잡아서 내놓으면 되겠군."

식인귀는 침대 아래에 있는 아이들을 한 명씩 끌어냈다. 가엾은 아이들은 용서를 구하며 무릎을 꿇었다. 그러나 아이들이 살려 달라고 애원하고 있는 대상은 식인귀 중에서도 가장 잔인한 족속이었다. 식인귀는 아이들을 불쌍하게 여기기는커녕 눈으로는 벌써 잡아먹을 기세였다. 그는 아내에게 말하길, 아이들에게 좋은 소스를 뿌리면 진짜 맛있는 음식이 될 것이라고 했다. 식인귀는 커다란 칼을 집어 들고 아이들에게 다가갔다. 그러고는 왼손에 길쭉한 돌을 쥐고는 칼을 갈았다. 그렇게 칼을 가는가 싶더니 어느새 아이 하나를 움켜쥐었다.

그때 식인귀의 아내가 말했다.

"지금 꼭 해야만 해요? 내일 아침까지 시간이 많잖아요."

"입 다물어. 지금 해야 애들 살이 훨씬 부드러워진다고."

식인귀가 대꾸했다.

"하지만 접시에 아직도 고기가 많네요. 송아지 한 마리, 양 두 마리, 돼지도 반 마리 있네요!"

식인귀 아내가 되받았다.

그러자 식인귀가 말했다.

"당신 말이 맞아. 아이들에게 저녁밥을 줘. 살 안 빠지도록. 잠도 폭 재우고."

마음씨 착한 식인귀 아내는 기뻐하며 아이들에게 저녁 식사를 차려 주었다. 그러나 아이들은 너무 겁에 질린 나머지 먹을 수가 없었다. 식인귀는 친구들에게 대접할 음식 생각에 기분이 좋아졌다. 그래서 그는 술을 마셨고, 평소보다 열 잔 이상을 많이 마셨다. 그러자 머리가 아팠고, 잠을 자러 가지 않을 수 없었다.

식인귀에게는 일곱 명의 딸이 있었다. 모두 아직 어렸다. 이 식인귀 딸들은 살결이 아주 좋았다. 식인귀 아버지처럼 신선한 고기를 먹었기 때문이었다. 그러나 이 딸들의 눈은 회색으로 작고 동그랗게 생겼고, 코는 굽었으며, 입은 아주 컸다. 입안의 이빨들은 길게 듬성듬성 나 있었고 날카로웠다. 이 식인귀 딸들은 아직 매섭지는 않았다. 그러나 벌써 어린아이들의 피를 빨아 먹기 위해 깨무는 일이 있었기 때문에, 사나운 기질이 강한 편이었다. 식인귀 딸들은 일찍 잠자리에 들었다. 머리에 모두 금관을 쓴 채, 일곱 명이 커다란 침대 하나에서 잤다. 그 방에는 똑같은 크기의 침대가 또 하나 있었다. 식인귀 아내는 일곱 명의 아이들에게 그 침대에서 자도록 해 주고, 자신도 잠을 자기 위해 식인귀 남편 곁으로 가서 누웠다.

엄지 동자는 일곱 명의 딸들이 머리에 왕관을 쓰고 있는 것을 눈여겨봐 뒀다. 식인귀 괴물이 그날 밤 자기들을 죽이지 않은 것을 후회할지도 모른다는 두려움이 생겼다. 엄지 동자는 한밤중에 살며시 일어나 자기와 형들이 쓰고 있던 모자를 챙겨서는 식인귀 딸들이 쓰고 있는 왕관을 벗기고 들키지 않게 조심조심 바꿔 씌웠다. 그리고 그 딸들의 금관을 형들의 머리에 씌우고, 자기도 썼다. 그렇게 하면 식인귀는 아이들이 자기 딸들인 줄 알 것이었고, 자신이 잡아먹고 싶어 했던 아이들은 딸들로 알 것이었다.

엄지 동자가 생각한 대로 일이 돌아갔다. 한밤중에 깨어난 식인귀가 전날 밤에 할 수 있었는데 다음 날로 미룬 것을 후회했기 때문이었다.

식인귀는 침대에서 벌떡 일어나 큰 칼을 집어 들고 말했다.

"어디, 이 녀석들이 어떻게들 하고 있는지 가 봐야지. 할 일은 미루는 게 아니야!"

식인귀는 딸들이 자고 있는 방으로 올라갔고, 일곱 아이들이 있는 침대 가까이 다가갔다. 엄지 동자만 제외하고 아이들은 모두 잠들어 있었다. 엄지 동자는 식인귀의 손이 형들 머리를 차례차례 만지고, 자기의 머리에 닿자 너무

무서웠다.

식인귀는 금관이 만져지자 이렇게 말했다.

"어이쿠, 내가 큰 실수를 할 뻔했군. 지난밤에 술을 너무 마셨던 거야!"

식인귀는 곧바로 딸들이 자고 있는 침대로 갔다. 그리고 모자를 더듬어 확인했다.

"흠, 녀석들이 여기에 있었군! 어서 해치우자."

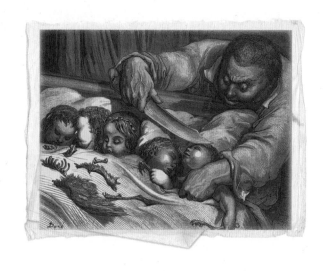

　그렇게 말하면서 식인귀는 지체 없이 일곱 딸들의 목을 베었다. 이렇게 신속하게 처리한 것이 만족스러웠던지, 식인귀는 아내 옆으로 돌아가 다시 잠들었다. 엄지 동자는 식인귀가 코를 골며 잠든 것을 확인하자마자 형들을 깨웠다. 그리고 서둘러 옷을 입으라고 하고는, 자기를 따라오라고 말했다. 형제들은 정원을 살금살금 내려와 담을 넘었다. 그리고 밤새도록 달렸다. 형제들은 온몸으로 떨고 있었고, 어디로 가고 있는지 알지 못했다.

　한편, 식인귀는 잠에서 깨어나자 아내에게 말했다.

　"올라가서 어제 그 녀석들 옷을 입혀."

식인귀 아내는 괴물 남편의 선의에 깜짝 놀랐다. 아이들을 조리하라는 말투로 전혀 들리지 않고 옷을 입히라고 들렸기 때문이었다. 아이들 방으로 올라간 식인귀 아내는 딸들의 목이 베여 피범벅이 되어 있는 것을 알아보고는 소스라치게 놀랐다. 그녀는 실신해서 쓰러졌다(같은 상황에 처하는 거의 모든 여성들이 보이는 첫 반응이다). 시킨 일이 너무 오래 걸린다고 생각한 식인귀는 아내에게 힘을 보태려고 위로 올라갔다. 끔찍한 광경 앞에서 식인귀는 아내만큼이나 놀라지 않을 수 없었다.

식인귀가 외쳤다.

"아니, 내가 뭘 한 거야! 내 이 녀석들, 가만두지 않겠다. 지금 당장 복수할 거야!"

식인귀는 아내의 얼굴에 물 한 동이를 끼얹어 정신을 차리게 했다. 그러고는 아내에게 말했다.

"어서 70리 장화*를 가져와. 녀석들을 따라잡고야 말겠어!"

식인귀는 돌진했다. 여기저기로 달린 끝에 이 불쌍한 아이들이 가고 있는 길까지 따라붙었다. 아이들은 아버지 집 지척에 다다르고 있었다. 아이들은 식인귀가 산과 산을 훌쩍 뛰어넘고, 강과 강을 작은 개천을 건너듯 쉽게 건너오는 것을 보았다. 엄지 동자는 근처

---

* 원문은 seven-league boots로, 1league(리그)는 10리(약 4km)에 해당한다.

에 동굴이 있는 것을 봐 뒀다가 여섯 형들을 그 안으로 대피시키고, 자기도 그 안에 숨어 식인귀가 어떻게 행동하는지 지켜보았다.

식인귀는 먼 길을 허탕만 치고 뛰느라 고단했고(70리 장화를 신으면 몸이 아주 피곤해진다), 좀 쉬고 싶었다. 그런데 우연히 앉고 보니, 아이들이 숨어 있는 동굴 바위 위였다. 지칠 대로 지친 식인귀는 곧바로 곯아떨어져 코를 골았다. 코 고는 소리가 얼마나 큰지 이 가엾은 아이들은 식인귀가 자기들 목에 칼을 들이댔을 때만큼이나 공포를 느꼈다. 엄지 동자는 형들보다 덜 무서워했고, 형들에게 식인귀가 깊이 잠든 사이 서둘러 집으로 도망치라고 말했다. 그리고 자기 걱정은 조금도 하지 말라고 했다. 형들은 엄지 동자가 하라는 대로 재빨리 집으로 내달렸다.

엄지 동자는 식인귀에게 다가갔다. 그리고 70리 장화를 살살 벗겼다. 그러고는 그 장화를 자기가 얼른 신었다. 장화는 아주 크고 아주 헐렁했다. 그렇지만 마법의 장화여서, 그것을 신은 사람의 발에 맞게 늘어나기도 하고 줄어들기도 했다. 장화는 엄지 동자의 발에 맞추기라도 한 듯 발과 발목에 딱 맞았다. 엄지 동자는 곧장 식인귀의 집으로 갔다. 거기에서 목 잘려 죽은 딸들 옆에서 울고 있는 식인귀의 아내를 발견했다.

엄지 동자가 말했다.

"아주머니, 아저씨가 아주 큰 위험에 빠졌어요. 도둑들이 아저씨를 인질로 잡고, 만약 집에 있는 금과 은을 모두 가져오지 않으면 죽이겠다고 위협하고 있어요. 지금 도둑들이 아저씨 목에 칼을 들이대고 있는데, 아저씨가 저를 알아보고는 제게 간청했어요. 아주머니에게 가서 지금 아저씨가 어떤 상황에 처했는지 알려 주라고요. 그리고 아주머니에게 말하랬어요. 어떤 것도 빠트리지 말고 값나가는 것은 모두 제게 주라고요. 그렇지 않으면 도둑들이 아저씨를 잔혹하게 죽일 거래요. 서둘러 많은 것을 해야 하고 또 민첩하게 움직여야 하니까, 아저씨가 저에게 70리 장화를 신으라고 했어요. 보세요. 제가 아주머니를 속이는 게 아니라는 걸 아시겠죠."

너무 놀란 식인귀 아내는 가진 것을 곧바로 엄지동자에게 전부 내주었다. 식인귀가 어린 딸들을 잡아먹었음에도 불구하고 남편으로서는 아주 좋았기 때문이었다. 엄지 동자는 그렇게 식인귀의 재산을 전부 짊어지고 아버지의 집으로 돌아왔다. 그리고 가족들에게 기쁨으로 환영받았다.

이 이야기의 마지막 상황에 대해 많은 사람들이 동의하지 않는다. 그들은 엄지 동자가 식인귀의 재물을 절대 훔친 것이 아니라는 주장을 펴는 것이다. 엄지 동자가 식인귀의 70리 장화를 벗겨 자기가 신은 것에 대해서는, 애초에 그 장화는 식인귀가 아이들을 따라잡기 위해 신었으니 가책을 느끼지 않아도 된다는 것이다. 이렇게 선의로 말하는 사람들은 자기들이 엄지 동자의 아버지인 나무꾼

집에서 먹고 마시고 했기 때문에 사정을 잘 안다고들 말한다. 그들은 엄지 동자가 식인귀의 장화를 신고 궁으로 갔다고 믿고 있기도 하다. 그들의 말인즉슨 이러하다. 엄지 동자는 궁의 사람들이 800 킬로미터 떨어진 곳에서 벌어진 전투에서 군대가 승리했는지를 두고 몹시 초조해하고 있다는 것을 알게 되었다. 엄지 동자는 왕을 찾아갔다. 그러고는 왕께서 원하신다면 하루가 저물기 전에 자기가 군대의 소식을 가져다 드리겠노라고 아뢰었다. 왕은 엄지 동자에게 만약 그 일을 해낸다면 큰 상을 내리겠노라고 약속했다. 엄지 동자는 그날 밤 소식을 가지고 왔다. 그리고 이 첫 번째 심부름으로 자신의 존재를 세상에 알렸다. 그는 자신이 원하는 것이면 모두 얻었다. 왕은 군대에 내리는 명령을 엄지 동자에게 전달하도록 맡긴 뒤 완벽하게 포상을 했고, 귀부인들도 전장에 나간 연인의 소식을 얻기 위해 엄지 동자가 원하는 모든 것을 주었는데, 엄지 동자는 그것으로 엄청난 소득을 올렸다. 어떤 부인들은 엄지 동자에게 남편들에게 부치는 편지를 부탁하고는 지불을 잘 하지 않기도 했다. 그러나 엄지 동자는 대수롭지 않게 여겼고, 장부에 일일이 기입할 생각을 하지 않았다.

한동안 심부름 일로 엄청난 재산을 모은 엄지 동자는 아버지의 집으로 돌아갔다. 가족들이 엄지 동자를 다시 만남으로써 얻은 기쁨은 상상할 수 없을 정도였다. 엄지 동자는 가족들 모두를 편안하게 해 주었다. 아버지와 형들을 위해서는 새로 일자리를 만들어 사무실을 마련해 주었다. 그런 식으로 엄지 동자는 모두가 자리를 잡도록 해 주었고, 동시에 자신도 궁정에서의 직무를 완벽하게 해 나갔다.

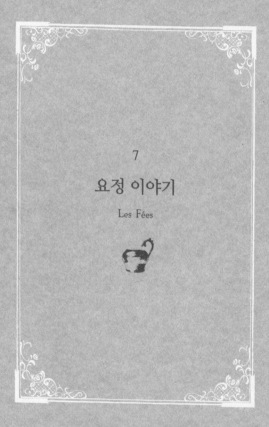

7

요정 이야기

Les Fées

옛날, 어느 옛날에 한 과부가 두 딸을 데리고 살았다. 큰딸은 성질이나 얼굴 생김새가 어머니와 똑 닮아서 큰딸을 보고 있자면 그 어머니를 보고 있는 것 같았다. 어머니와 큰딸, 그러니까 이 둘은 어찌나 거만하고 어찌나 사람들의 심기를 불편하게 하는지 함께 어울려 살기 힘든 여자들이었다. 둘째 딸은 아버지를 쏙 빼닮아서 상냥하고 성실했다. 이 아버지는 보기 드물게 용모가 아름다웠다. 사람은 자기와 비슷한 사람을 좋아하는 법. 이 어머니는 큰딸에게 홀딱 빠져 큰딸만 사랑했고, 둘째 딸은 끔찍하게 싫어했다. 어머니는 둘째 딸에게는 부엌에서 먹게 했고, 쉴 새 없이 일을 시켰다.

다른 무엇보다도, 이 불쌍한 둘째딸은 하루 두 번 집에서 약 2킬로미터 떨어진 샘에서 물을 길어 큰 항아리에 담아 지고 와야 했다. 어느 날 이 둘째 딸이 샘에 있을 때였다. 허름한 행색의 한 아주머니가 그녀에게 다가와서 물을 청했다.

"네, 드리지요."

아름다운 둘째 딸은 이렇게 대답하면서 얼른 항아리를 헹구었다. 그러고는 샘에서 제일 깨끗한 물을 떠서 그 아주머니에게 건네주고, 마시기 좋게 항아리를 받쳐 주었다.

물을 마신 뒤 아주머니가 말했다.

"얼굴이 참으로 예쁜데, 마음씨도 참으로 예쁘고 상냥하네요. 아가씨에게 특별한 선물을 줘야겠군요."

(사실 이 아주머니는 소녀의 품성이 얼마나 바른지 보려고 시골 아낙처럼 변장한 요정이었다.)

이어서 요정이 말했다.

"아가씨가 말을 할 때마다, 입에서 꽃이나 보석이 나올 것입니다."

소녀가 집에 돌아오자 어머니는 왜 이렇게 샘에서 늦게 돌아왔냐고 야단쳤다.

"어머니, 너무 오래 걸려서 죄송해요."

가엾은 둘째 딸이 말했다. 그런데 이 딸이 입을 열어 말을 하자 장미 두 송이, 진주 두 알, 커다란 다이아몬드 두 개가 입에서 튀어나왔다.

"이게 뭐니, 내 딸아?"

(어머니는 소녀를 처음으로 딸이라고 불렀다.)

이 가엾은 아이는 계속 다이아몬드를 입 밖으로 쏟아내면서 순진하게도 자기에게 일어난 일을 어머니에게 모두 털어놓았다.

어머니가 말했다.

"정말이구나. 큰애를 그리 보내야겠다. 자, 퐁숑, 네 동생이 말할 때 입에서 뭐가 나오는지 봤지? 너도 저런 특별한 선물을 받는 게 좋지 않겠니? 우선, 물을 길러 샘에 가거라. 그리고 어떤 불쌍한 부인이 마실 물을 달라고 하면, 너는 아주 공손하게 그 부인한테 물을 주면 되는 거야."

이에 성질 고약한 큰딸이 대꾸했다.

"나더러 물을 뜨러 샘에 가라니, 그게 나한테 어울릴 것 같아요?"

그러자 어머니가 되받아 말했다.

"내 말대로 당장 샘으로 가거라."

결국 큰딸은 샘으로 갔다. 그러나 가는 내내 투덜댔다. 큰딸은 집에 있는 가장 예쁜 은 항아리를 들었다. 큰딸이 샘에 도착하자 화려한 복장을 한 귀부인이 숲에서 나와 마실 물을 청했다. 귀부인은 그녀의 동생에게 나타났던 그 요정이었지만, 이 큰딸이 얼마나 불손한지 보려고 공주 차림으로 입고 나와 있었다.

"당신한테 물을 주려고 제가 여기 와 있는 줄 알아요?"

성질 고약한 큰딸이 귀부인에게 오만하게 말했다.

"귀부인 마님께 마실 물을 드리려고 제가 이 은 항아리를 일부러 이렇게 들고 왔겠냐는 말이에요! 마시고 싶으면 직접 마셔요."

이에 요정은 화를 내지 않고 말했다.

"너는 참으로 불손하구나. 그토록 버릇이 없으니, 네게 주는 특별한 선물로 네가 말을 할 때마다 뱀이나 두꺼비가 튀어나오게 해 주겠다."

어머니는 큰딸을 보자마자 소리쳐 물었다.

"그래서, 내 딸아! 어떻게 되었니?"

그러자 두 마리 살무사와 두 마리 두꺼비를 입 밖으로 쏟아내면서 성질 고약한 큰딸이 대답했다.

"뭐가요, 엄마? 어떻게 되긴요!"

어머니는 경악했다.

"오, 맙소사! 내가 지금 뭘 보고 있는 거지? 이게 다 둘째 년 때문이야. 내 단단히 혼내 줄 거야."

어머니는 둘째 딸을 때려 주기 위해 득달같이 달려갔다. 가엾은 둘째 딸은 도망쳐서 가까운 숲 속으로 몸을 피했다. 그때 사냥에서 돌아오던 왕자가 그녀와 맞닥트렸고, 그녀가 너무나 예쁘다는 것을 알아보았다. 왕자는 그녀에게 왜 혼자 숲에 있게 된 것인지, 그리고 왜 울고 있었는지 물었다.

"슬프게도 어머니가 저를 집에서 내쫓으셨어요."

소녀의 입에서 대여섯 개의 진주와 다이아몬드가 나오는 것을 본 왕자는 거기에서 그것들이 나오게 된 사연을 말해 달라고 그녀에게 청했다. 소녀는 그동안의 모든 이야기를 들려주었다. 왕자는 소녀와 사랑에 빠졌고, 그러한 특별한 선물이야말로 결혼 상대에게 줄 수 있는 그 어떤 것보다 최고의 가치로 여기고, 아버지가 있는 왕궁으로 그녀를 데리고 가 결혼했다.

한편 끔찍하게 미움을 받게 된 언니는 집에서 어머니로부터도 쫓겨났다. 그리고 어느 누구에게도 발견되지 못한 채 숲 속에서 불행하게 죽었다.

8

상드리용
(또는 작은 유리 구두)

Cendrillon ou la Petite Pantoufle de Verre

옛날에, 어떤 귀족 남자가 세상에서 가장 거만하고 자존심이 센 어떤 여자와 재혼했다. 그 여자에게는 모든 면에서 그녀를 쏙 빼닮은 딸 둘이 있었다. 한편 남자에게는 전례를 찾아볼 수 없을 정도로 상냥하고 마음씨 착한 딸이 있었다. 이 소녀의 심성은 너무나 착했던 생모로부터 물려받은 것이었다.

결혼식이 끝나기가 무섭게, 계모는 못된 심보를 드러냈다. 그녀는 이 소녀의 착한 성품이 자기 딸들의 못된 품행을 도드라져 보이게 하는 것을 참을 수가 없었다. 계모는 소녀에게 자질구레한 집안일을 시켰다. 설거지와 계단 청소, 마나님이 된 계모의 방과 그 딸들의 방바닥을 닦아야 하는 사람은 바로 소녀였다. 의붓언니들은 마루를 간 방을 사용했고, 거기에는 최신 유행의 침대와 머리끝에서 발끝까지 비추는 전신 거울을 갖추었다. 반면 소녀는 다락방의 거친 짚단 위에서 잤다. 가엾은 소녀는 커져 가는 불평을 아버지에게 섣불리 털어놓지 못한 채 모든 것을 참고 견뎠다. 아버지는 모든 것을 계모가 하라는 대로 하고 있어서, 그랬다가는 오히려 야단맞을지도 모른다고 생각했기 때문이었다.

소녀는 일과를 모두 마치고 나면, 굴뚝 옆의 구석으로 가서 잿더미 속에 앉았다. 그런 소녀를 보고 집안에서는 보통 퀼 상드리용*이라 불렀는데, 첫째 언니보다는 심술이 덜한 둘째 언니는 소녀를 상드리용**이라고 불렀다. 그런데 이 상드리용은 볼품없는 옷을 입었는데도, 아주 화려한 의상을 걸친 의붓언니들보다 훨씬 예뻤다.

어느 날 왕자가 무도회를 열었고, 나라의 모든 명사들을 초대했다. 이름이 알려져 있던 계모의 두 딸들도 초대를 받았다. 이 아가씨들은 기분이 들떠서 자기를 더욱 돋보이게 할 옷과 머리 장식을 고르느라 바빴다. 그러나 이러한 일은 상드리용에게는 새로운 고통을 안겨 주었다. 언니들의 옷을 다림질하고, 옷소매를 둥글게 잡아 주어야 하는 것은 바로 상드리용이기 때문이었다. 언니들은 단지 어떤 식으로 옷을 입을지에 대해서만 계속 떠들어 댔다.

---

* quille cendrillon, '재를 깔고 앉은 소녀'라는 뜻.
** cendrillon, '재투성이로 궂은일을 하는 소녀'라는 뜻.

"난 영국식으로 장식한 빨간 벨벳 옷을 입을 거야."

첫째 언니가 말했다.

"난 평범한 치마만 있으니까, 황금빛 꽃무늬 숄을 두르고 다이아몬드 목걸이로 치장해서 사람들 관심을 끌 거야."

둘째 언니가 말했다.

자매는 머리를 두 갈래로 말아 올리기 위해 솜씨 좋은 미용사를 불렀고, 솜씨 좋은 전문가에게 얼굴에 애교 점을 만들도록 시켰다. 상드리용은 미적인 감각이 뛰어났고, 자매는 그런 상드리용을 불러 자신들의 생각이 어떤지 의견을 물었다. 상드리용은 최선을 다해 조언해 주었고, 머리 손질도 함께 해 주었다. 자매는 아주 만족했다.

"상드리용, 너도 무도회에 가면 기쁘겠지?"

머리 손질을 하고 있던 상드리용에게 자매가 말했다.

"어머, 언니들, 저를 두고 농담하는 거예요? 거긴 제가 갈 수 있는 곳이 아니잖아요."

"맞아. 무도회에 온 꼴 상드리용을 보면 사람들이 웃을 거야."

다른 소녀였다면 언니들의 머리 모양을 비뚜름하게 손질했겠지만 상드리용은 착했다. 그녀는 언니들의 머리를 아주 완벽하게 가꾸어 주었다. 언니들은 기쁨에 겨워 들뜬 나머지, 이틀 가까이 아무것도 먹지 않았다. 제일 날씬한 치수에 맞춰 허리의 코르셋을 조이다가 열두 개가 넘는 끈을 끊어트렸고, 줄곧 거울 앞에 서서 떠나지 않았다.

　마침내 고대하던 행복의 날이 왔다. 모녀는 길을 떠났고, 상드리용은 눈으로 볼 수 있는 한 가장 멀리까지 그들의 뒤를 바라보았다. 더 이상 그들이 보이지 않자, 상드리용은 눈물을 흘리며 울었다.

　온통 눈물에 젖은 소녀를 본 대모가 울고 있는 이유를 물었다.

　"저도 너무…… 너무, 저도……."

　상드리용은 너무 크게 우느라 말을 마치지 못했다.

　그러자 옛날에 요정이었던 대모가 그녀에게 말했다.

　"무도회에 너무 가고 싶은 거구나, 그렇지?"

　상드리용은 한숨을 쉬며 말했다.

　"안 되겠지만, 그래도, 네에, 너무 가고 싶어요……."

　대모가 말했다.

　"알겠다. 네가 착한 소녀라면, 내 너를 무도회에 보내 주지."

　그녀는 상드리용을 사기 방으로 데리고 가서는 이렇게 말했다.

　"정원에 가서 호박 하나 따 오렴."

　상드리용은 즉시 제일 잘생긴 호박을 따서 대모에게 가져갔다. 따 가면서도 그녀는 그 호박이 어떻게 자신을 무도회에 가게 해 줄지 짐작할 수 없었다. 대모는 호박 껍질만 남기고 속을 파내더니 지팡이로 톡톡 두드렸다. 그러자 호박은 즉시 아름다운 황금 마차로 변했다. 이어서 대모는 쥐덫을 보러 갔고, 거기에서 여섯 마리

의 생쥐가 산 채로 걸려 있는 것을 발견했다. 대모는 상드리용에게 쥐덫의 문을 조금 들어 올리라고 말했다. 대모가 빠져나오는 생쥐마다 지팡이를 대자, 생쥐는 멋진 말로 바뀌었다. 이렇게 하여, 흰색과 회색의 얼룩점이 있는 아름다운 회색 말 여섯 마리가 끄는 멋진 마차가 탄생했다.

대모는 마차를 끌 마부를 어떻게 할지 고민했다.

그러자 상드리용이 말했다.

"쥐덫에 쥐가 걸렸는지 제가 가서 볼게요. 쥐가 있으면 마부를 시키면 되지요."

"그렇지, 네 말이 맞구나. 어서 가 보렴."

대모가 대답했다.

상드리용이 쥐덫을 가지고 왔다. 거기에는 살찐 쥐 세 마리가 있었다. 대모는 세 마리 중 한 마리를 골랐는데, 이유는 수염이 덥수룩했기 때문이었다. 대모가 지팡이로 이 쥐를 건드리자 세상에서 가장 멋진 턱수염을 기른 마부로 변했다.

이어서 대모가 상드리용에게 말했다.

"정원으로 가거라. 물뿌리개 뒤에 도마뱀 여섯 마리가 있을 거야. 모두 잡아 오렴."

말이 떨어지기가 무섭게 상드리용이 도마뱀을 잡아다 주자 대모는 하인으로 변신시켰다. 하인들은 장식이 달린 옷차림으로 즉시 마차 뒤로 뛰어올랐다. 그들은 평생 다른 일이라고는 하지 않았던 것처럼 그 일에 능숙해 보였다.

그때 대모가 상드리용에게 말했다.

"자, 이제 무도회에 가야지? 진짜 기분 좋지 않니?"

"좋아요. 그런데 제가 이렇게 보기 흉한 옷을 입고 무도회에 가도 될까요?"

그러자 대모가 지팡이를 상드리용의 몸에 댔고, 그와 동시에 상드리용의 옷은 금과 은으로 짠 천에 온갖 보석이 장식된 무도회 드레스로 변했다. 이어서 대모는 세상에서 가장 예쁜 유리 구두 한 켤레를 주었다. 상드리용은 그렇게 단장을 하고 마차에 올랐다. 그런데 대모는 그녀에게 어떤 일이 있어도 절대 자정을 넘기면 안 된다고 말하는 것이었다. 1분이라도 지체하면 마차는 다시 호박으로, 말들은 생쥐로, 하인들은 도마뱀으로, 무도회 드레스는 원래의 보기 흉한 옷으로 변할 것이라고 경고했다. 상드리용은 자정 전에 꼭 무도회에서 나오겠다고 약속했다. 상드리용은 기쁨으로 어쩔 줄 몰라 하며 무도회장으로 떠났다.

어떤 대단한 공주가 막 궁에 도착했는데, 아무도 그녀를 알지 못한다는 전갈이 왕자에게 전해졌다. 왕자는 그녀를 맞이하기 위해 달려 나갔다. 왕자는 그녀에게 손을 건네어 마차에서 내려오도록 했다. 그리고 하객들이 모여 있는 연회장으로 그녀를 안내했다. 순

간 고요해졌다. 춤을 추던 사람
은 멈추었고, 바이올린도 더 이
상 연주되지 않았다. 모두들 이
알려지지 않은 대단한 미녀를
바라보느라 넋을 빼앗겼다.

"어쩜 저토록 아름다울까!"

연로한 왕조차도 상드리용에게서 눈을 떼지 못한 채, 왕비에게
이토록 아름답고 사랑스러운 여인을 본 지가 오래되었다고 속삭
였다. 귀부인들은 상드리용의 머리와 의상을 세심하게 살펴보았
다. 꽤 실력 있는 미용사와 솜씨 좋은 재단사가 있기만 하다면, 다
음 날부터 당장 상드리용과 비슷하게 꾸미려는 것이었다.

왕자는 상드리용을 귀빈석 자리로 안내하고, 곧바로 춤을 신청
했다. 상드리용은 우아하게 춤을 추었다. 그것을 보고 사람들이 또
다시 경탄했다. 훌륭한 요리가 나왔지만 젊은 왕자는 일체 입에 대
지 않았다. 오직 그녀를 바라보느라 정신이 팔려 있었다. 상드리용
은 언니들 옆에 앉았고, 언니들에게 아주 상냥하게 대했다. 왕자가
자기에게 가져다주었던 오렌지와 레몬을 챙겨 언니들에게 나누어
주는 것이었다. 언니들은 상드리용의 그런 행동에 몹시 놀랐다. 왜
냐하면 언니들은 그녀가 누구인지 알아보지 못했기 때문이었다.
그녀들이 그렇게 이야기를 나눌 때, 11시 45분을 알리는 종소리가

들렸다. 그러자 상드리용은 그 즉시 일어나 손님들에게 정중하게 인사를 했다. 그리고 가능한 한 빨리 사라졌다.

상드리용은 집에 도착하자마자 대모를 찾아갔다. 대모에게 감사의 마음을 전한 뒤, 다음 날에도 무도회에 꼭 한 번 더 가고 싶다고 말했다. 왕자가 그녀에게 와 달라고 청했기 때문이었다. 상드리용이 무도회에서 있었던 모든 일을 대모에게 한창 들려주고 있을 때, 언니들이 문을 두드렸다. 상드리용은 그들에게 문을 열어 주러 갔다.

"언니들, 왔네요. 많이 늦었어요!"

상드리용은 마치 잠에서 깨어난 것처럼 눈을 비비고 하품을 하며 말했다. 그러나 사실 언니들이 무도회장으로 떠난 이후, 상드리용이 잠을 자고 싶었던 순간은 한시도 없었다.

"너도 무도회에 갔더라면 정말 시간 가는 줄 몰랐을 거야."

언니들 중 하나가 말했다.

"진짜 아름다운 공주님이 왔는데, 난 그렇게 아름다운 분은 처음 봤어. 공주님이 어찌나 친절한지, 우리에게 오렌지랑 레몬을 나눠 줬어."

그 말을 듣고 상드리용은 아주 기분이 좋았다. 상드리용은 모르는 척 그 공주의 이름을 언니들에게 물어보았다. 그러나 언니들은 공주의 이름을 알지 못한다고 했다. 왕자님도 그녀가 누구인지 몰라 애를 먹었는데, 그녀를 알기 위해서라면 어떤 것이든 내놓겠다고 말했다는 이야기를 들려주었다.

이에 상드리용은 미소를 지으며 말했다.

"그녀가 그렇게 아름다웠어요? 세상에, 언니들은 얼마나 좋았을까요. 나도 그 공주님을 볼 수 있으면 좋겠어요. 자보트 언니, 언니가 늘 입는 그 노란 드레스 말이에요. 저 빌려줄 수 있어요?"

그러자 자보트가 말했다.

"뭐라고? 천한 재투성이에게 옷을 빌려주라는 말이니? 그 말인즉, 내가 미치지 않고는 안 되는 일이지."

상드리용은 거절하는 언니의 말을 듣고 마음을 편하게 가졌다. 언니가 드레스를 빌려주려고 했다면 오히려 크게 당혹스러웠을 것이기 때문이었다.

다음 날 이 두 아가씨는 무도회에 갔다. 상드리용도 갔다. 전날보다 훨씬 더 치장을 했다. 왕자는 줄곧 상드리용 옆에 앉아 계속 이야기를 했다. 이 젊은 아가씨는 지루한 줄 모르고 왕자의 이야기를 들었다. 그러다가 대모가 했던 경고를 깜박 잊어버렸다. 자정을 알리는 첫 번째 종소리가 들렸다. 아직 11시밖에 안 되었을 거라 생각하고 있던 상드리용은 자리에서 일어나 마치 암사슴처럼 사뿐하게 빠져나갔다. 왕자가 그녀를 쫓아갔지만 따라잡지 못했다. 그녀의 발에서 유리 구두 한 짝이 벗겨져 떨어졌다. 왕자는 그것을 정성스럽게 주워 들었다.

상드리용은 몹시 숨차하며 집에 도착했다. 황금 마차는 사라졌고, 하인도 없었다. 걸치고 있는 옷은 남루했다. 무도회장에서 떨어트린 것과 같은 작은 유리 구두 한 짝 말고는, 그 화려했던 것들 중에 남은 것이라고는 아무것도 없었다. 사람들은 왕궁의 문을 지키는 경비병들에게 혹시 어떤 공주가 나가는 것을 못 보았냐고 물었다. 그들은 시골 처녀로 보이는, 아주 남루한 옷을 입은 어떤 소녀가 나가는 것을 본 것밖에 없다고 했다.

두 언니가 무도회에서 돌아왔을 때 상드리용은 언니들에게 이번에도 즐거웠는지, 그 아름다운 공주가 왔는지 물어보았다. 언니들은 그렇다고 대답을 하면서 자정을 알리는 종이 울리자 공주는 서둘러 떠났다고, 그런데 너무 서두르는 바람에 세상에서 가장 예쁜 유리 구두 한 짝을 떨어트렸고, 왕자님이 그 한 짝을 주워 들었는데 무도회가 끝날 때까지 그것만 바라보았다고, 또 분명 왕자님은 유리 구두를 신었던 그 아름다운 공주를 깊이 사랑하는 것이 확실하다고 말했다.

언니들의 말이 맞았다. 며칠 뒤 왕자는 결혼을 공표하는 나팔을 불게 했기 때문이었다. 유리 구두가 발에 꼭 맞는 여자와 결혼을 하겠다는 것이었다. 우선 공주들에게 유리 구두를 신겨 보았다. 그 다음은 공작 가문의 여자들과 궁정의 모든 여자들에게 신겨 보았

다. 그러나 허사였다. 두 언니에게도 유리 구두가 당도했다. 언니들은 구두 안으로 발을 넣으려고 무진 애를 썼다. 그러나 둘 다 끝까지 신을 수 없었다. 언니들을 바라보던 상드리용은 자신의 구두를 알아보았다.

상드리용이 웃으며 말했다.

"제 발에 맞는지 저도 한번 신어 볼까요?"

그러자 언니들은 웃음을 터트리며 비웃었다. 그러나 유리 구두를 신겨 보는 일을 맡은 시종은 상드리용을 눈여겨보고 있다가, 그녀가 뛰어나게 아름답다는 것을 알아차렸다. 시종은 상드리용의 말이 옳다고, 왕자의 명령은 모든 소녀들에게 유리 구두를 신겨 보라는 것이었다고 말했다. 시종은 상드리용을 앉게 하고는 작은 발에 유리 구두를 신겼다. 그러자 마치 양초라도 바른 듯, 유리 구두는 상드리용의 발에 꼭 들어맞았다.

두 언니는 너무 놀랐다. 그러나 상드리용이 주머니에서 나머지 한 짝을 꺼내 신자 이번에는 훨씬 더 놀라서 까무러칠 지경이었다. 바로 그때 대모가 도착했고, 상드리용이 입고 있는 의상을 지팡이로 두드리자 상드리용은 전보다 훨씬 화려한 모습으로 변했다.

그제야 비로소 두 언니들은 무도회에서 보았던 그 아름다운 공주가 상드리용이라는 것을 알아보았다. 언니들은 상드리용의 발밑에 무릎을 꿇고 그녀에게 고통을 주고 못되게 굴었던 것을 사죄

했다. 상드리용은 언니들을 일으켜 세우고 품에 안으며 말했다. 언니들을 진심으로 용서한다고, 그러니 언제까지나 자기를 진정으로 사랑해 달라고 부탁했다. 시종들은 상드리용을 무도회에서 입었던 차림 그대로 궁으로 데리고 갔다. 상드리용을 본 왕자는 그녀가 전보다 훨씬 더 아름답다는 것을 알았다. 며칠 뒤, 왕자는 상드리용과 결혼했다. 상드리용은 아름다울 뿐만 아니라 마음씨가 고왔다. 두 언니를 궁으로 와서 살게 해 주었고, 같은 날 궁정의 두 귀족과 결혼을 시켜 주었다.

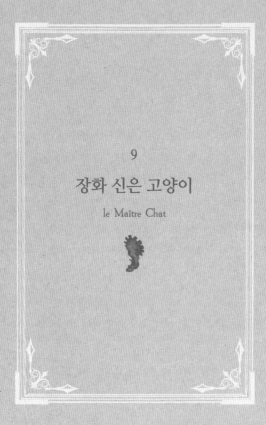

9

장화 신은 고양이

le Maître Chat

　어느 방앗간 주인이 자기가 가진 전 재산을 세 아들에게 물려주고 세상을 떠났다. 전 재산이란 물방앗간과 당나귀, 그리고 고양이었다. 재산 분배가 신속하게 이루어졌다. 공중인도 대리인도 부르지 않았다. 얼마 안 되는 유산이지만 세 아들은 즉시 제 몫을 챙겼다. 큰아들은 방앗간을, 둘째 아들은 당나귀를 물려받았다. 그러자 막내아들은 남은 고양이를 물려받을 수밖에 없었다. 막내는 너무 빈약하게 떨어진 자기의 몫에 도무지 만족할 수 없었다. 그래서 형들에게 말했다.

　"형들은 함께 어울리며 번듯하게 살겠지만, 나는 고양이 고기를 먹고 나면 그 털로 토시나 만들 거야. 그러면 난 굶어 죽게 되는 거지 뭐."

이 말을 들은 고양이는 못 들은 척 짐짓 차분하고 진지한 표정으로 말했다.

"주인님, 주인님, 조금도 걱정하지 마세요. 제게 자루 하나만 가져다주세요. 장화 한 켤레도 만들어 주시고요. 가시덤불 속으로 들어가야 하니까요. 그러면 주인님은 곧 알게 될 거예요. 주인님이 보잘것없다고 생각하시는 그 몫이 그리 나쁘지 않다는 것을요."

고양이 주인은 그 말에 별반 기대를 하지 않았지만, 고양이가 보통 쥐나 생쥐를 잡으려고 발을 들고 흔들어 대거나, 밀가루를 뒤집어쓰고 죽은 척 누워 있다가 민첩하게 먹잇감을 잡아채는 것은 그동안 많이 보아서 알고 있었다. 그래서 막내는 자기가 절망적으로 느끼고 있는 비참한 상태를 고양이의 도움으로 벗어나는 방법도 나쁘지 않겠다고 여겼다. 고양이는 주인에게 부탁한 물건을 받자마자, 얼른 장화를 신고 자루를 목에 걸었다. 그리고 앞발에 자루 끈을 묶은 뒤, 지체 없이 토끼들이 많은 사육장으로 달려갔다. 고양이는 자루 안에 토끼풀과 밀기울을 넣어 놓고, 그 옆에 죽은 듯 누웠다. 그러고는 세상이 험하다는 것을 미처 알지 못하는 어린 토끼가 자루 안에 있는 것을 먹으려고 머리를 들이밀기를 기다렸다. 고양이는 눕자마자 좋은 낌새를 느꼈다. 풋내 나는 어린 토끼 한 마리가 자루 안으로 들어왔다. 고양이는 끈을 잡아당겨 이런저런 사정 볼 것 없이 새끼를 죽였다.

포획이 모두 성공하자 의기양양해진 고양이는 왕궁으로 갔고, 왕께 알현을 청했다. 접견실로 안내받아 올라간 고양이는 왕에게 큰 절을 올리고는, 이렇게 아뢰었다.

"전하, 카라바 후작께서(카라바 후작은 고양이가 자기 주인에게 붙인 이름이다) 저한테 이 토끼를 전하께 바치라고 하셔서 이렇게 왔습니다."

그러자 왕이 치하했다.

"너의 주인에게 전하여라. 과인이 고맙고 기쁘게 생각하노라고."

또 한번은 이런 일이 있었다. 고양이는 밀밭으로 가서 몸을 숨겼다. 그러고는 자루를 열어 놓았다. 그러자 자고새 두 마리가 자루로 날아들었고, 그때 끈을 잡아당겨 한꺼번에 두 마리를 잡아 버렸다. 그다음으로 고양이는 토끼를 바쳤을 때처럼 자고새 두 마리도 왕에게 가져가 바쳤다. 왕은 자고새 두 마리를 한층 기쁘게 받고, 음료를 내려 주었다. 그런 식으로 고양이는 두세 달 동안 왕에게 주인이 사냥에서 잡은 것이라며 계속해서 포획물을 진상했다.

그러던 어느 날, 고양이는 왕이 세상에서 제일 예쁜 공주인 딸과 강가를 산책할 것이라는 소식을 듣게 되었다. 그러자 고양이가 주인에게 말했다.

"주인님이 제 조언에 따라 행동하신다면, 행운을 잡게 될 것입

니다. 제가 알려 드리는 장소로 가셔서, 강에서 헤엄을 치고 계시면 됩니다. 그다음은 제게 맡기시고요."

카라바 후작은 어떤 행운이 있을지 알지 못한 채 고양이가 하라는 대로 따랐다. 그가 헤엄을 치고 있는 그때, 왕의 행렬이 지나가게 되었다. 그러자 고양이가 있는 힘을 다해 소리치기 시작했다.

"구해 주세요, 구해 주세요! 여기, 카라바 후작님이 물에 빠졌어요!"

외침 소리에 왕이 마차 창문 밖으로 고개를 내밀었고, 소리의 주인공이 자신에게 여러 차례 진상을 했던 고양이임을 알아보았다. 왕은 호위병들에게 즉시 카라바 후작을 구하라고 명했다.

호위병들이 강에서 불쌍한 후작을 끌어내는 동안, 고양이는 사륜마차로 달려가서 왕에게 자기 주인이 물에 빠진 사이 도둑들이 옷을 훔쳐 달아나서, 있는 힘을 다해 소리쳤다고 아뢰었다(사실은 이 옷기는 고양이가 주인 옷을 큰 돌 아래에 숨겨 놓았던 것이었다). 왕은 곧바로 의상 담당관을 시켜 자신의 가장 멋진 옷들 중 한 벌을 카라바 후작에게 가져다주라고 명했다. 왕의 옷은 멋졌으므로 후작에게 썩 잘 어울렸다(왜냐하면 후작은 매우 잘생기고 품위가 있었기 때문이었다). 멋진 모습의 후작에게 왕은 각별히 호의를 베풀었다. 공주는 후작을 보고 마음에 쏙 들었다. 그는 공주에게 정중하면서도 부드러운 눈길을 강렬하게 몇 번 던졌고, 공주는 열정적으로 사랑

에 빠져 버렸다. 왕은 자신의 사륜마차에 후작이 오르도록 해서 동
행하기를 원했다.

자기가 낸 꾀가 성공하는 것을 보고 기뻤던 고양이는 그들보다
앞서 달려 나가서는, 풀을 베던 농부들을 만나 이렇게 말했다.

"풀 베는 농부 여러분, 내 말 잘 들으시오. 여러분이 풀을 베고
있는 이 들판이 모두 카라바 후작님의 소유라고 왕에게 말하시오.
그렇지 않으면 여러분은 조각조각 살이 썰리게 될 것이오."

아니나 다를까 왕이 지나가다가 풀을 베던 농부들에게 그 들판
이 누구의 것이냐고 물어보는 것이었다. 고양이의 위협에 겁을 먹

은 농부들은 다 함께 카라바 후작님의 소유라고 대답했다.

그러자 왕이 후작에게 말했다.

"후작은 매우 훌륭한 유산을 가지고 있소이다."

이에 후작이 대답했다.

"전하, 매년 풍부한 곡식이 나오는 곳이 바로 지금 전하께서 보고 계시는 이 들판이옵니다."

줄곧 앞서 나가고 있던 이 영악한 고양이는 이번에는 수확하는 농부들을 만나 이렇게 말했다.

"수확하는 농부 여러분, 내 말 잘 들으시오. 여러분이 수확하고 있는 이 들판이 모두 카라바 후작님의 소유라고 왕에게 말하시오. 그렇지 않으면 여러분은 조각조각 살이 썰리게 될 것이오."

조금 뒤, 지나가던 왕이 자기 눈앞에 펼쳐진 밀밭이 누구의 것인지 알고 싶어 했다. 수확하던 농부들은 카라바 후작님의 것이라고 대답했고, 왕은 후작과 함께 있는 것이 더욱 기분 좋아졌다. 마차를 앞질러 달려가던 고양이는 만나는 모든 사람들에게 같은 식으로 말했다. 그리고 왕은 카라바 후작의 엄청난 재산에 놀랐다.

영악한 고양이는 마침내 주인이 식인귀인 아름다운 성에 다다랐다. 식인귀는 지금까지 본 적이 없는 최고 부자였다. 왕이 지나간 땅 모두가 식인귀의 성 관할이었다. 식인귀가 누구인지, 그 힘이 어느 정도인지 미리 알아보았던 고양이는 식인귀에게 알현을 청했다. 성 옆을 지나가면서 성주에게 경의를 표하지 않고 가는 것은 예의가 아니니 인사를 드리고 싶다고 말했다. 식인귀는 괴물치고는 정중하게 고양이를 맞이하고는 쉬게 했다.

고양이가 말했다.

"제가 듣기로…… 성주께서는 어떤 동물로든 변신할 수 있는 특별한 재능을 지니셨다고 하던데요? 예를 들자면, 사자나 코끼리 같은 동물로요."

그러자 괴물이 거칠게 대답했다.

"맞소. 당신에게 보여 주지. 자, 내가 사자로 변하는 걸 보시오."

고양이는 자기 앞에 있는 사자를 보고는 혼비백산해서 즉시 빗물받이 홈통으로 갔다. 기와 위를 걷자니 장화가 아무 쓸모가 없었고, 장화 때문에 오히려 위험하고 고통스러웠다. 고양이는 조금 뒤 식인귀가 원래 모습으로 돌아온 것을 보고 아래로 내려왔다. 그리고 진짜 무서웠다고 말했다.

고양이가 말했다.

"제가 또 듣기로…… 성주께서는 어떤 작은 동물로든 변신할 수 있다고 하던데요? 예를 들면 시골 쥐나 생쥐 같은 동물로요. 솔직히 아뢰자면, 저는 그건 불가능하다고 생각합니다."

"불가능하다고?"

식인귀가 대꾸했다.

"자, 한번 보시오."

식인귀는 생쥐로 변해서 바닥을 뛰어다니기 시작했다. 고양이는 생쥐를 보자마자 넙다 달려들어 잡아먹었다.

그러는 동안 왕은 식인귀의 아름다운 성을 지나가다가 그 안으로 들어가고 싶어졌다. 고양이는 왕의 사륜마차가 도개교 위를 지나는 소리를 듣고, 그 앞을 달려가 왕에게 말했다.

"전하, 카라바 후작님의 성에 오신 것을 환영합니다."

왕은 놀라 큰 소리로 대꾸했다.

"뭐라고? 카라바 후작, 이 성도 그대의 것이란 말이오? 이 정원과 정원을 감싸고 있는 이 모든 건물보다 더 아름다운 건 없을 것이오. 안으로 들어가서 보고 싶소."

후작은 젊은 공주에게 손을 내밀고 왕을 따라 올라갔다. 그러고는 커다란 홀에 이르렀다. 거기에는 같은 날 저녁 식인귀가 자기의 친구들에게 대접하려고 차려 놓은 음식들이 있었다. 식인귀 친구들이 그날 저녁에 오기로 되어 있었던 것이다. 그러나 그들은 왕이 있는 것을 보고는, 감히 들어오지 못했다.

후작에게 홀딱 마음을 빼앗긴 딸과 마찬가지로 후작의 매혹적인 많은 것들에 매료된 왕은 그가 소유한 상당한 재산을 눈으로 똑똑히 보았고, 술을 몇 잔 연거푸 마신 뒤 그에게 말했다.

"후작, 내 사위가 될 것인지는 완전히 당신 뜻에 달렸소."

후작은 왕의 영광스러운 청을 큰절로 응했다. 그리고 그날로 공주와 결혼을 했다. 고양이는 대영주가 되었고, 재미 삼아서가 아니면 더 이상 생쥐들을 뒤쫓지 않았다.

『허밍버드 클래식』
동시대를 호흡하는 문학가들의 신선한 번역과 어른들의 감수성을 담은 북 디자인을 결합해
시대를 초월한 고전 읽기의 즐거움을 선사하고자 합니다.

01 한유주의 《이상한 나라의 앨리스》
02 부희령의 《오즈의 마법사》
03 김경주의 《어린 왕자》
04 김서령의 《빨강 머리 앤》
05 배수아의 《안데르센 동화집》
06 허수경의 《그림 형제 동화집》
07 한유주의 《키다리 아저씨》
08 윤이형의 《메리 포핀스》
09 김서령의 《에이번리의 앤》
10 함정임의 《페로 동화집》